Contents

くまクマ熊ベアー20

▶ユナ'S STATUS_

名前：ユナ
年齢：15歳
性別：女

▶クマのフード（譲渡不可）
フードにあるクマの目を通して、武器や道具の効果を見ることができる。
▶白クマの手袋（譲渡不可）
防御の手袋、使い手のレベルによって防御力アップ。
白クマの召喚獣くまきゅうを召喚できる。
▶黒クマの手袋（譲渡不可）
攻撃の手袋、使い手のレベルによって威力アップ。
黒クマの召喚獣くまゆるを召喚できる。
▶黒白クマの服（譲渡不可）
見た目着ぐるみ。リバーシブル機能あり。
表：黒クマの服
使い手のレベルによって物理、魔法の耐性がアップ。
耐熱、耐寒機能つき。
裏：白クマの服
着ていると体力、魔力が自動回復する。
回復量、回復速度は使い手のレベルによって変わる。
耐熱、耐寒機能つき。
▶黒クマの靴（譲渡不可）
▶白クマの靴（譲渡不可）
使い手のレベルによって速度アップ。
使い手のレベルによって長時間歩いても疲れない。耐熱、耐寒機能つき。
◀くまゆる
（子熊化）
▼くまきゅう
▶クマの下着（譲渡不可）
どんなに使っても汚れない。
汗、匂いもつかない優れもの。
装備者の成長によって大きさも変動する。
▶クマの召喚獣
クマの手袋から召喚される召喚獣。
子熊化することができる。

スキル

▶異世界言語
異世界の言葉が日本語で聞こえる。

話すと異世界の言葉として相手に伝わる。

▶異世界文字
異世界の文字が読める。

書いた文字が異世界の文字になる。

▶クマの異次元ボックス
白クマの口は無限に広がる空間。どんなものも入れる（食べる）ことができる。

ただし、生きているものは入れる（食べる）ことはできない。

入れている間は時間が止まる。

異次元ボックスに入れたものは、いつでも取り出すことができる。

▶クマの観察眼
黒白クマの服のフードにあるクマの目を通して、武器や道具の効果を見ることができる。

フードを被らないと効果は発動しない。

▶クマの探知
クマの野性の力によって魔物や人を探知することができる。

▶クマの召喚獣
クマの手袋からクマが召喚される。

黒い手袋からは黒いクマが召喚される。

白い手袋からは白いクマが召喚される。

召喚獣の子熊化：召喚獣のクマを子熊化することができる。

▶クマの地図 ver.2.0
クマの目が見た場所を地図として作ることができる。

▶クマの転移門
門を設置することによってお互いの門を行き来できるようになる。

３つ以上の門を設置する場合は行き先をイメージすることによって転移先を決めることができる。

この門はクマの手を使わないと開けることはできない。

▶クマフォン
遠くにいる人と会話ができる。

作り出した後、術者が消すまで顕在化する。物理的に壊れることはない。

クマフォンを渡した相手をイメージするとつながる。

クマの鳴き声で着信を伝える。持ち主が魔力を流すことでオン・オフの切り替えとなり通話できる。

▶クマの水上歩行
水の上を移動することが可能になる。

召喚獣は水の上を移動することが可能になる。

▶クマの念話
離れている召喚獣に呼びかけることができる。

魔法

▶クマのライト
クマの手袋に集まった魔力によって、クマの形をした光を生み出す。

▶クマの身体強化
クマの装備に魔力を通すことで身体強化を行うことができる。

▶クマの火属性魔法
クマの手袋に集まった魔力により、火属性の魔法を使うことができる。

威力は魔力、イメージに比例する。

クマをイメージすると、さらに威力が上がる。

▶クマの水属性魔法
クマの手袋に集まった魔力により、水属性の魔法を使うことができる。

威力は魔力、イメージに比例する。

クマをイメージすると、さらに威力が上がる。

▶クマの風属性魔法
クマの手袋に集まった魔力により、風属性の魔法を使うことができる。

威力は魔力、イメージに比例する。

クマをイメージすると、さらに威力が上がる。

▶クマの地属性魔法
クマの手袋に集まった魔力により、地属性の魔法を使うことができる。

威力は魔力、イメージに比例する。

クマをイメージすると、さらに威力が上がる。

▶クマの電撃魔法
クマの手袋に集まった魔力により、電撃魔法を使えるようになる。

威力は魔力、イメージに比例する。

クマをイメージすると、さらに威力が上がる。

▶クマの治癒魔法
クマの優しい心によって治療ができる。

▶ CHARACTERS_VOL. 20

クリモニア

フィナ
ユナがこの世界で最初に出会った少女、10歳。母を助けてもらった縁で、ユナが倒した魔物の解体を請け負う。ユナになにかと連れまわされている。

シュリ
フィナの妹、7歳。母親のティルミナにくっついて「くまさんの憩いの店」なども手伝うとってもけなげな女の子。くまさん大好き。

ティルミナ
フィナとシュリの母。病気のところをユナに救われる。その後ゲンツと再婚。「くまさんの憩いの店」などのもろもろをユナから任されている。

ノアール・フォシュローゼ
愛称はノア、10歳。フォシュローゼ家次女。「クマさん」をこよなく愛する元気な少女。

クリフ・フォシュローゼ
ノアの父。クリモニアの街の領主。ユナの突拍子もない行動に巻き込まれる苦労人。きさくな性格で、領民にも慕われている。

エルフの村

ルイミン
王都のクマハウスの前で行き倒れていたエルフの少女。姉であるサーニャに、エルフの村の危機を伝えるため、エルフの村から王都へと旅をしてきた。

ムムルート
ルイミンとサーニャの祖父。エルフの村の長《おさ》を務めている。かつては冒険者だった。

王都

エレローラ・フォシュローゼ
ノアとシアの母、35歳。普段は国王陛下の下で働いており、王都に住んでいる。なにかと顔が広く、ユナにいろいろと手を貸してくれる。

シア・フォシュローゼ
ノアの姉、15歳。ツインテールで少し勝気な女の子。王都の学園に通う。学園での成績は優秀だが、実力はまだまだ。

フローラ姫
エルファニカ王国の王女。ユナを「くまさん」と呼び慕っている。絵本やぬいぐるみをプレゼントされたりと、ユナからも気に入られている。

ティリア
エルファニカ王国の王女。フローラ姫の姉。王都の学園に通うシアの同級生。フローラ姫からユナのことを「くまさん」と教えられており、会うことを楽しみにしていた。

和の国

シノブ
ユナと同い年の忍びの少女で、冒険者としても優秀。お調子者だが国を救うための強い覚悟を持っている。

サクラ
和の国の巫女。予知夢を見ることができ、ユナのことを大蛇からこの国を救う「希望の光」だと信じている。

カガリ
長い時を生きる妖狐(?)。かつてムムルートたちとともに大蛇を封印し、その地を守り続けていた。

ジュウベイ
シノブの師匠で、和の国でもかなりの実力を持つ武将。ユナの力を試すためにシノブと一芝居打った。

スオウ
和の国の王で、サクラの伯父。国王としての貫禄と責任感を備えている。

あらすじ

和の国を大蛇の危機から救ってのんびり過ごしていたユナ。サクラからの連絡で和の国へ約束の家をもらいに行くことに。再会したサクラやシノブ、ルイミンにフィナとシュリ、そしてカガリさんと一緒にバーベキューや水遊びを満喫!　もらったお屋敷で温泉も…!?　そして、いつもお世話になっているみんなにお土産を配りにいくことに…。

517　クマさん、和の国に戻ってくる

和の国で大蛇を討伐したわたしはクリモニアに戻ってきた。

大蛇との戦いで家が壊れたカガリさんも、わたしの家にいる。

初めはクリモニアで騒がれるかもと思ったりもしたが、静かなものだ。初日に畳で寝たいとわがままを言われ、クマハウスの一部屋に和の国で買った畳を敷き、布団を敷いてあげた。食事も「おなかが減ったのじゃ」と言うので用意してあげれば文句を言わずに食べる。そして、寝てしまう。その繰り返しだ。

大蛇との戦いで、力を使いすぎてカガリさんは小さくなってしまった。もしかすると、その影響なのかもしれない。

わたしのほうは、お店や孤児院に顔を出したりして、のんびり過ごしている。

ティルミナさんに「戻ってきました」と言ったら、「どこかに行っていたの？」と言われた。

フィナには和の国に行くことは伝えたけど、ティルミナさんは知らなかったみたいだ。

まあ、それほど長い間、離れていなかったのでしかたない。

タールグイで和の国を見つけ、和の国で温泉に入り、畳を買ったり、冒険者ギルドでかまいたちの討伐の依頼を受けたりした。それから、シノブと出会い、ジュウベイさんと戦い。

そのあとはサクラに会い、カガリさんに会い、そして大蛇と戦った。

クリモニアを離れていた期間は短かったけど、濃密な数日間だった。

そんな、わたしが和の国で頑張っていた間も、クリモニアのお店では子供たちがクマの姿で働き、孤児院ではコケッコウのお世話をする子供たち。日常が流れていた。

やっぱり、平和が一番だね。


そして、大蛇を倒したおかげかクマフォンのスキルがバージョンアップした。

クマフォンが糸電話のようになった。

そう言うとバージョンが下がったような気がするが、クマフォンを持っている者同士が話すことができるようになったのだ。

つまり、クリモニアにいるわたし、エルフの村にいるルイミン、和の国にいるサクラが同時に会話をできるようになった。

わたしが中継アンテナみたいな役目をして、会話ができるみたいだ。結局はわたしがいないと会話ができないので意味がないような気がするけど、直接話せるので、2人は嬉しそうに会話をしていた。

あと、役に立つときが来るのかわからない新しいスキルを覚えた。

クマの水中遊泳。

まだ、確かめていないけど、クマの着ぐるみの格好で水の中を泳ぐことができるらしい。

これは今後、水中の戦いがあるフラグじゃないよね？

とりあえずは水辺の近くには行かないようにする。フラグはへし折るものだ。

でも、水中遊泳のスキルは確かめたいね。

そんなこんなで数日が過ぎたところで、サクラから和の国に来てほしいと連絡があった。

「カガリさん、和の国に戻るけど大丈夫？」

カガリさんは未だに幼女のままだ。

服装は和の国で子供用の服を用意してもらい、それを着ている。

「問題ない。お主のおかげでちゃんと休めた」

それなら、よかった。


翌日、わたしはカガリさんと和の国に戻ってくる。

場所は大蛇と戦ったリーネスの島。

わたしはクマの転移門を隠していた土魔法をどかし、外に出る。

「扉をくぐるだけで、和の国とは信じられないのう。もしかして、ずっと和の国にいたのではないかと思ってしまうわ」

この数日間、カガリさんは体の回復に専念するため、家の外には一度も出ていない。でも、窓から外を見ているので、和の国でないことぐらいは理解していた。

「お待ちしていました。ユナ様、それからくまゆる様、くまきゅう様」

クマの転移門を出るとサクラの姿があった。

サクラだけでなく、シノブとスオウ王の姿もある。

サクラの顔色はいい。それに引き換え、シノブとスオウ王の顔色は悪い。

「カガリ様のお姿は戻られていないのですね」

サクラは小さい姿のカガリを見る。

「魔力や体力は戻っているんじゃが、どうしてか体の大きさは戻らん。クマの呪《のろ》いかもしれぬ」

「勝手に人の呪いにしないでほしいんだけど」

「誰も、お主の呪いとは言っていないじゃろう。もしかして、お主は自分のことをクマと思っておるのか？」

「……！」

一瞬、言葉が出なくなる。

自分のことをクマと無意識に認識していた。否定はしないけど、肯定もしたくない。

わたしは言い返すことにする。

「ていうか、それを言うなら、狐《きつね》の呪いでしょう。大狐になったあとに子供になったんだから」

「うぅ」

逆に今度はカガリさんが言い返せなくなる。

強い力を得ると、副作用があるものだ。わたしはクマの着ぐるみという外見と引き換えに強い力を得た。それと同時に羞恥心《しゅうちしん》を捨てることになった。いや、全部は捨てていない。まだ、残っているはず。残っているよね？

でも、前ほど、恥ずかしくなくなっているのは事実だ。

これはまずいかもしれない。

「カガリ、体に問題はないのか？」

「十分に休んだから戦いの疲れは取れている。体調は問題ない」

その言葉に国王は少しだけ安堵《あんど》のような表情を浮かべる。

もしかすると心配していたのかもしれない。

「それで、こっちの状況はどうなっておるのじゃ」

「無事に、落ち着いた日常に戻っている」

「大蛇の件は？」

わたしたちが大蛇を倒したことは伏せてもらうことになっている。

「それが、変な方向に噂《うわさ》になっているっす」

「変な方向？」

「過去に大蛇が現れたとき、大狐が人と共に戦った言い伝えが残っている。それでその狐が再び現れ大蛇を倒した噂が流れている」

カガリさんは大狐になって大蛇と戦った。

「一応、あの戦いを見た者には箝口令《かんこうれい》をしいたが、大狐が大蛇と戦ったところが見られている。そのことも広まっている原因にもなっている」

「だから、わたしたちはその噂を使うことにしたっす」

「つまり、妾《わらわ》が倒したことにするのか？」

カガリさんの言葉に国王は首を横に振る。

「カガリではない。大狐だ。カガリが大狐になれることは、俺を含め、ごく一部の者しか知らないことだ。だから、カガリという人物は大狐との関わりはない」

確かに、「カガリさん＝大狐」と知らなければ、カガリさんが街の中を歩いていても、その大狐本人だとは誰も思わない。

「あらためて確認だが、ユナはそれでいいのか？　今からでも、大蛇を討伐したことにできるぞ」

国王の申し出に、わたしは首を横に振る。

「いいよ。別に、英雄になりたくて大蛇と戦ったわけじゃないよ。わたしは小さな女の子を助けたかっただけだよ」

わたしはサクラに目を向ける。

サクラは自分が死ぬ夢を何度も見ていた。夢とはいえ、自分や大切な人たちが死んでいく夢を何度も見るのは、わたしが思っている以上に辛かったと思う。

「……ユナ様」

「それに、わたしは目立つのは好きじゃないしね」

「お主、そんな格好して、目立ちたくないというのは説得力がないぞ」

カガリさんの言葉に全員頷《うなず》いている。

わたしだって、好きでクマの格好をしているわけじゃないよ。この格好じゃないと戦えないんだよ。

「お主がいいならいいが。妾が一人で大蛇を倒したことになったのは気が引けるのう」

「それなら、大丈夫っすよ。クマも一緒に戦ったことになっているっすから」

「……どういうこと？」

「大蛇と戦った跡地に、クマの形をした大きな岩が転がっていたっす。ユナ、なにか思い当たることはないっすか？」

「クマの形をした岩……」

徐々に思い出す。

「あぁぁ～～～～～～～～～～～～～～」

思い出した。大蛇の頭を破壊するときに作ったクマの岩だ。

放置したままだ。

忘れていた。

「それじゃ、わたしのことも？」

「あくまでクマっす。それで大狐だけじゃなく、クマも一緒に大蛇と戦ったのでは？　と噂になっているっす」

「この島には狐様がいると噂されていた。だが、島に来てみれば大蛇の頭の近くにはクマの形をした岩が転がっている。実はこの島にいたのはクマ神様ではないかと言い出す者もいる」

「なんじゃと。この島にいたのは狐の妾じゃぞ」

カガリさんがスオウ王を睨《にら》みつける。

「それは長年、島に人を入れず、謎の島になっていたのが原因だろう。それが初めて島に来た者がクマの石像を見れば、勘違いするだろう？」

「妾が大蛇を倒したことになるのは嫌じゃが、この島にいたのがクマと勘違いされるのも嫌じゃぞ」

まあ、長年ここを守ってきたのはカガリさんであり狐様だ。それがクマ神様となれば、カガリさんの気持ちも分からないでもない。

「ごめん、片付けるのを忘れていた。すぐに片付けるよ」

「もう遅い。なくなれば、それはそれで問題になる。それで、おまえさんたちに確認だ。その噂を使って、大蛇を倒したのは大狐とクマにしたいと思っている。その許可をもらいたい」

「大狐とクマが大蛇と戦ったと言って、みんな信じるの？」

「実際に広まっている。それを国王である俺が肯定すれば、その通りになるし、否定すれば、それなりの理由を新しく探さないといけない」

誰しも、大蛇が現れたと知れば、誰が倒したか知りたいと思うのだろう。

それが人の心だ。

「わたしが大蛇を倒したと思われなければいいよ」

街の中を歩いて、大蛇を倒した人だと見られなければいい。

「妾も構わない。街に酒を飲みに行ったときに、拝まれても困るからのう」

「言っておくが、その姿で酒を飲みに行くなよ」

そもそも、お酒を注文しても幼女姿のカガリさんには出してくれないと思う。

話し合いの結果。狐様と仲が良かったクマが協力して大蛇を討伐したことにすることになった。

狐とクマが共に大蛇と戦う話を絵本にしたら面白いかな？

今度描いてみるのもいいかもしれない。

518 クマさん、謎のアイテムを手に入れる

大蛇のことは、言い伝えの狐と一緒にいたクマが討伐したことになった。

「それで、おまえさんたちの許可がもらえたらクマの石像同様に、この島に狐の石像を作ってはと考えている」

「でも、今から作って間に合うの？」

「別に島の全てを調べられたわけじゃないから問題はない」

「今まで、島には入れなかったすからね」

「それでカガリに狐の石像を作るのを頼みたいが、作れるか？」

「妾《わらわ》が自分で作るのか？」

「職人や魔法使いに作らせれば、どこで秘密が漏れるか分からない」

確かにそうだ。

自分で作れば、情報は漏れない。

でも、他人が作れば、何気ない会話から漏れてしまう可能性がある。

「このままだと、この島にいたのが実は狐じゃなくて、クマだったことになって、お主の存在がクマになるぞ」

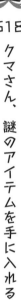

「それはそれで嫌じゃのう」

　カガリさんも流石《さすが》に狐の言い伝えが、クマの言い伝えに変わるのは嫌だったみたいで、自分で狐の石像を作ることになった。

「それで、石像はどこに作ればいいのじゃ」

「いろいろな場所に作ってほしい。まずはこの家の前でいいだろう。おまえさんが住んでいたのだから」

　わたしたちは壊れたカガリさんの家の前に移動する。

「カガリさん、魔力は大丈夫なの？」

「なにも問題はない。ただ、上手に作れるかが問題じゃな」

　そう言って、カガリさんは壊れた家の前に狐の石像を魔法で作り上げる。

「これは……」

　作られた狐の石像はリアルな狐ではなく、デフォルメされた狐だった。

「可愛《かわい》いです」

　サクラが駆け寄って、自分より大きい狐の石像を見る。

「お主のクマに合わせて作ってみた」

　カガリさんはわたしを見ながら言う。

　簡単に言うけど、一度しか見ていないはずなのに、よく簡単に作れるものだ。

魔法はイメージ。カガリさんは、そのあたりが優秀なのかもしれない。

「やっぱり、狐のほうが可愛いのう」

狐の石像を見て、自画自賛するカガリさん。

でも、今まで静かにしていたくまゆるとくまきゅうが、否定するように「「くぅ～ん」」と鳴く。

「この長い耳とか、長い尻尾《しっぽ》とか、クマよりもいいじゃろう」

「「くぅ～ん」」

くまゆるとくまきゅうが再度反論する。

小さい耳も小さい尻尾も可愛いよ。

「サクラもシノブも狐のほうが可愛いと思うじゃろう？」

サクラたちにも飛び火した。

サクラとシノブは困ったような表情をして、カガリさんとくまゆるとくまきゅうを見比べる。

「え～と、どちらも可愛いと思います」

「難しい質問っす。比べることなんてできないっすよ」

その返答にカガリさんとくまゆるとくまきゅうが声をあげる。

「裏切者じゃ！」

「「くぅ～ん」」

「そんなことを言われても、狐もクマもどちらも可愛いので選べないです」

「そうっすよ。カガリ様も大人なんすから、小さいクマ相手に大人げないことは言わないでくださいっす」

「今の妾は子供じゃ！　それにこいつらも今は小さいが、本来は大きいじゃろう」

「「くぅ〜ん」」

答えの出ない争いが続く。

もちろん、わたしはどちらが可愛いかとなれば、クマに一票入れるよ。


そして、なんだかんだ言い争ったカガリさんとくまゆるとくまきゅうだったが、移動するときはくまゆるの上にカガリさんが乗る。

「だが、乗り心地は妾の負けかもしれぬ」

カガリさんはくまゆるの上で、寝そべりながら悔しそうに言う。

それに対して、くまゆるは勝ち誇ったように「くぅ〜ん」と鳴く。

仲がいいんだか悪いんだか、よく分からない。

そもそも一般的に狐の上には乗れないよね。あのカガリさんが変身した大狐だったら乗れるけど。もし、乗れたら、空の散歩をしてみたいね。


そして、島の他の場所にもデフォルメされた狐の石像が建てられた。いろいろな場所に狐の石像があれば、クマの島と言われることはないだろう。

たまに、わたしもクマの石像を作らされた。

わたしたちは大蛇の頭があった場所を通る。

「大蛇の解体は終わったんだね」

戦いの跡や大蛇がいた名残は残っているけど、大蛇の姿はない。

「ああ、終わらせた。これで復活はしないだろう」

「大蛇の素材ってなにかに使えそうなの？」

「皮が一番役に立つな。皮だから、鉄より軽い。なにより強度が高いから、いろいろと活用方法がある」

「肉は？」

「わからない。毒があるかもしれない。これから、調べさせる予定だ」

確かに、大蛇の素材なんて、過去に経験があるわけでもない。ほかの素材についても調べるらしい。

「そうだ。わたしの分の素材は？」

魔石は譲ったけど、他の素材をもらうつもりだ。

「手つかずだ。欲しいだけ持っていっていい」

流石に全部はいらないので、少しもらう約束をした。

それからも島を移動し、わたしとカガリさんはそれぞれの石像を建てた。

「こんなもんでいいじゃろう。流石に疲れたぞ」

カガリさんはくまゆるの上で、ぐたーとする。

「疲れているところ悪いが、最後にカガリに見てもらいたいものがあるから、もう少し付き合ってくれ」

「見せたいものとはなんじゃ？」

「説明ができない。見てもらったほうが早い」

そう言って、国王は歩きだす。

連れてこられたのはムムルートさんが大蛇の胴体の封印を強化した場所だ。建物は大蛇が復活したことで崩れている。

「こっちだ」

国王は建物の裏側へと場所を少し移動する。地面は崩れ、大きな穴が空いている。国王はその穴に下りていく。

「サクラ、くまきゅうにしっかり摑《つか》まっていれば大丈夫だからね」

「はい」

わたしたちも国王に続いて地面の穴を下りていく。

「カガリ、これを見てくれ。なにか分かるか？」

国王が指さす先には頭ほどの大きさの虹色のモヤ？　雲？　煙？　ミニオーロラ？　が漂っていた。

「なにこれ？」

「なんでしょうか？　でも、綺麗です」

カガリさんはくまゆるから降りて、その虹色の雲に近づく。

「なにか分かるか？」

「触れたか？」

「確認するために、２人ほど触れたが、なにも起きなかった」

カガリさんはその虹色の雲に手を入れるが、なにも起きない。

「なにも感じられないな。魔法は？」

「確かめていない。まずはカガリに確認をとってからと思って、手を出させていない」

「そうか」

カガリさんは手に魔力を集めると、小さな風を起こし、雲に向かって放つ。だけど、虹色の雲は揺らぐこともなく、漂ったままだ。

「魔力の塊にも見えるが、分からんのう」

本当に不思議な現象だ。

「わたしも触ってもいい？」

興味本位で尋ねてみる。

「危険はないと思うが、気をつけるんじゃぞ」

多少危険でもクマさんパペットなら大丈夫なはずだ。

わたしは虹色の雲の中に黒クマさんパペットの手を入れると、虹色の雲が光り始める。虹色の雲は収束するようにして黒クマさんパペットに集まっていく。その収束が収まると虹色の雲は消え、黒クマさんパペットに野球ボールぐらいの大きさの玉が咥《くわ》えられていた。

「なんじゃ？　お主、なにをした？」

「なにもしていないよ。手を入れただけだよ」

本当になにもしていない。虹色の雲の中に黒クマさんパペットを入れただけだ。魔法もなにも使っていない。

わたしは黒クマさんパペットが咥えている玉を皆に見せる。

「綺麗です」

「水晶かのう？　ちょっと貸してくれ」

カガリさんが手を出すので、その小さな手の平の上に乗せる感じで渡す。水晶のような玉はクマさんパペットから離れ、カガリさんの小さな手の平の上に落ちる。が、カガリさんの手の平に乗らずに地面に落ちる。

カガリさんとわたしは固まる。

今、カガリさんの手をすり抜けたように見えた。それはカガリさんも同様なようで、不思議そうに自分の手と地面に落ちた水晶玉を見ている。

カガリさんはしゃがんで落ちた水晶玉に手を伸ばし、摑《つか》もうとするが摑むことができない。手がすり抜ける。

「なんじゃ、これは？　摑めないぞ」

危険かもしれないので、国王とサクラに触らせることはできないので、シノブが触ることになったが、カガリさん同様に、手は通り抜けて水晶玉に触ることができない。

だけど、わたしが触れると、摑むことができる。

「どうして、嬢ちゃんだけが触れることができるんじゃ？」

どう考えてもクマさんパペットの力としか考えられない。

この水晶玉が気になったので、クマの観察眼を使う。

クマの道しるべ
用途は不明

……クマの道しるべって。これは間違いなく、わたし専用のアイテムだよね。

「嬢ちゃん、どうしたのじゃ」

「分からないけど、わたしに必要なものだと思う」

クマの道しるべっていうぐらいだ。

「これ、わたしがもらってもいい？」

わたしの言葉に国王は少し考え、口を開く。

「……構わない」

「いいの？」

「誰も手にすることができないものだ。他の者が欲しがったとしても、無理だろう。ユナのみが手にできるなら、ユナが持つべきだろう」

「まあ、そうじゃな。理由がどうであれ、嬢ちゃんしか持てないなら、意味がない」

カガリさんも同様に言う。

「それに大蛇を倒したのはおまえさんだ。大蛇を倒した場所に現れたものならおまえさんのものだ」

ありがたく、クマの道しるべをもらうとクマボックスにしまう。

でも、クマの道しるべってなんだろう？

クマの道しるべっていうんだから、わたしをどこかに導いてくれるってことかな？

面倒事は断りたいけど、そんなわけにはいかないよね。

でも、この辺りって、大蛇の尻尾があったところかな？

ヤマタノオロチの尻尾なら剣が出てきたんだけど。こんなわけが分からないアイテムより、伝説の剣が欲しかった。

519　クマさん、お礼をもらう

「それじゃ、ユナ。礼として約束していた家の件だが、一ついいのがあった。確認してもらえるか。嫌だったら、断ってくれてかまわない」

「もう、用意してくれたの？」

「ああ、礼もできない国王とは思われたくないからな」

　大蛇の後始末をしている忙しいときに、用意してくれたとは思わなかった。

「妾《わらわ》の酒は？」

「元の姿になったら、用意してやる。何度も言っているが、その姿で飲ませるわけにはいかないだろう」

　カガリさんの見た目はサクラやフィナよりも幼い少女だ。

　見た目のこともあるが、もし体質も子供に戻っていたら、お酒を飲むのはよくないと思う。

「待て、それはいつになる？　それに妾はこんな格好だが、お主より年上だぞ」

「見た目の問題だ。それと、カガリがいつ大きくなるかなんて俺が分かるわけがないだろう」

「むむ」

　カガリさんは頬《ほお》を膨らませる。

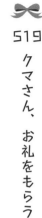

子供が駄々をこねているようにしか見えない。

やっぱり、見た目って大切だよね。

カガリさんを見ていると、本当にそう思う。

カガリさんは渋々、諦める。

「それで、このクマは海の上を走れるんだよな？」

国王はくまゆるとくまきゅうに軽く目を向ける。

「うん」

すでにシノブから報告を受けている国王が知っていることなので頷《うなず》く。

「おまえさんたちを連れて一緒に船に乗ると説明が面倒になる。悪いが、ユナとカガリは向こうで落ち合ってもらえるか？」

確かに、海に囲まれた島に降りたのは国王とサクラにシノブの三人だ。くまゆるとくまきゅうを送還するにしても、カガリさん《幼女》とわたし《クマ》が一緒に現れたら、不思議に思われる。

だから国王の言葉も理解する。

わたしたちは落ち合う場所を決める。

「うぅ、わたしもくまきゅう様に乗って行きたいです」

「船から降りたお前が戻らなかったら、おかしく思うだろう。俺が島に置いてきたと思われるからダメだ」

この島に降りたら、帰る方法は船しかない。別ルートで帰ったという言い訳はできない。

流石《さすが》に諦めてもらうしかない。

「くまきゅう様、くまゆる様、少しだけお別れです」

サクラはくまゆるとくまきゅうに抱きつく。

「「くぅ～ん」」

一生のお別れじゃないんだから。

名残惜しそうにするサクラ。それから国王とシノブは船着き場に向かう。わたしはクマの転移門を片付けると船着き場とは反対の方向へ移動する。

そして、くまゆるとくまきゅうはわたしとカガリさんを乗せて、海に飛び出し、水上を走る。

「本当に海の上を走ることができるんじゃのう」

「でも、カガリさんは空を飛べるから、別に海の上を走れなくてもいいでしょう」

個人的には新しく覚えた水中遊泳より、空を飛べるスキルのほうがよかった。

空が飛べれば、移動範囲も増えるし、いろいろと便利だった。

でも、ないものねだりをしてもしかたない。

「そうじゃが、クマに負けているようでな」

「「くぅ～ん」」

自慢気にくまゆるとくまきゅうが鳴く。

「それなら、お主たちは空を飛んでみろ」

「「くぅ〜ん」」

「はいはい。3人とも喧嘩《けんか》しない。どっちも凄《すご》いことなんだから」

わたしは仲裁する。

さっきは仲がいいと思ったのに。

「くまゆる、くまきゅう、スピードアップ！」

「「くぅ〜ん」」

わたしの言葉に、くまゆるとくまきゅうが速度を上げ、海の上を走ってゆく。


そして、わたしとカガリさんは待ち合わせの場所にやってくる。

そこは、お城がある都から少し離れた街道だ。カガリさんはくまゆるの上で気持ちよさそうに寝そべっている。さっきは言い争っていたのに。

それとも、まだ疲れているのかな？　元の姿に戻れないし。

しばらく待っていると、馬（たぶん、ハヤテマル）に乗ったシノブとサクラ、国王、あと、ジュウベイさんがこちらに向かってくる。

「お待たせしたっす」

「ユナ様、遅くなって申し訳ありません」

「そんなに待っていないよ」

サクラに声をかけてから、ジュウベイさんのほうを見る。

「ジュウベイさんも来てくれたんだね」

「国王より、護衛を任されました」

「流石にシノブ一人に護衛を任せて都を出るのは止められた。しかたなく、ジュウベイに頼んだ。それにジュウベイならユナのことは知っているからな」

ジュウベイさんは馬から降りると、くまゆるの上にいるカガリさんの前にやってくる。

「本当にカガリ様なのですか？」

「そうじゃ」

「申し訳ありません。お側でお守りすることができずに」

「お主のせいじゃない。そもそも、男のお主は島の中には入れなかった。お主が気に病むことではない」

「はい」

カガリさんとの話を終えたジュウベイさんは、わたしのほうを見る。

「まだ、この国に残っていたのだな。国王様とシノブにユナの居場所をお尋ねしても教えてくれなかったから心配した」

「師匠、ユナのことを心配していたっすよ。でも、国王様に口止めされていたから話せなかったっすけど」

「ユナのことは秘密だったからな」

まあ、契約魔法をしているから、クマの転移門で帰ったなんて言えないよね。

「怪我もしていないようでよかった。礼を言わせてくれ。国を救ってくれて感謝する。ありがとう」

ジュウベイさんはわたしが大蛇と戦って、大蛇を倒したことは知っているんだね。

契約魔法は「わたしの秘密を守ること」だ。

つまり、クマ能力についてだ。クマの転移門、クマフォンなどだ。大蛇を倒したことは含まれていない。

わたしはくまきゅうから降りて、ジュウベイさんに言葉を返す。

「この国を守れてよかったよ」

「倒された大蛇を見たが、あれほどの大きな魔物を嬢ちゃんみたいな子が倒したことに驚愕《きょうがく》した。サクラ様のお言葉は本当だった。あのときは試すようなことをして本当にすまなかった」

「別にジュウベイさんが試したくてしたわけじゃないでしょう。どこかの誰かが命令したことなんだから」

わたしはそう言いながら、国王のほうに軽く目を向ける。

「おまえさんのことを認めない他の者の口を塞《ふさ》ぐには、それしかなかっただけだ」

納得はしているけど、試されるほうは気分がいいものではない。

「大蛇は強かったか？　戦うところはサクラ様しか見ていないようで、お話をうかがうことはできなかったが」

「強かったよ。ジュウベイさんがいたら、楽ができたんだけどね」

「そんなことはない。俺がいても足手まといになっただけだ」

ジュウベイさんは強かった。大蛇相手には分からないけど、ワイバーンやヴォルガラスと戦うときにいてほしかったのは本当の気持ちだ。もし、いてくれれば、シノブが怪我をすることも、サクラが危険なことをする必要もなかった。

封印を強化する魔法陣に魔力を込めてくれれば、サクラもあそこまで無理をすることはなかった。

「それとシノブとサクラ様、カガリ様を救ってくれたことに感謝する」

ジュウベイさんは軽く頭を下げる。

真面目にお礼を言われるとムズがゆくなるから困る。

「3人を守れてよかったよ」

ジュウベイさんは笑みを浮かべると、国王の傍に戻っていく。

わたしたちは温泉が出る場所に向かって出発する。

サクラには約束どおりにカガリさんと一緒にくまきゅうに乗ってもらう。そのとき、ここまで乗せてきたシノブの馬、ハヤテマルが少し寂しそうにしていたのを、わたしは見逃さなかった。

だけど、こればかりはしかたない。

「それで、どこへ行くの？　街だと思ったんだけど」

お城がある街から離れていく。

「街の外だが、そんな遠くはない」

「ユナが見たら、きっと驚くっすよ」

シノブは意味深なことを言って、目的地を教えてくれない。サクラのほうを見ると「秘密です」と言う。

「カガリさんはどこに向かっているか知っているの？」

「お主とずっと一緒にいた妾が知るわけがなかろう」

確かにそうだよね。この数日間一緒にいて、ここに来たのも一緒だ。カガリさんが知っているわけがなかった。

いったい、どこに連れていかれるのかな。

しばらく進むと森が見えてくる。

もしかして、森の中？

確かに森の中なら、クマハウスも目立たないけど。もしかして、クマさん、森の中に捨てられる？

「まさか、嬢ちゃんにあれをあげるのか？」

行き先が分かったのか、カガリさんがそんなことを口にする。

「カガリさん。この先になにがあるか知っているの？」

「妾の記憶に間違いがなければな」

「ああ、カガリ様。黙っていてくださいっすよ」

カガリさんが教えてくれそうになったのを、シノブが止める。

カガリさんの口ぶりからすると、もの凄いものみたいだけど。

その間もわたしたちは進む。

「そろそろ、教えてくれてもいいと思うんだけど」

「秘密です」「秘密っす」「行けば分かる」「いらないなら、妾がもらおうかのう」「…………」

カガリさんが変なことを言っていたけど、どうやら到着するまで教えてくれないらしい。

まあ、行けば分かるというなら、行けばいい。嫌なら、断ってもいいって話だし。

わたしたちは森の中に入っていく。

森の中は、ちゃんと舗装された道が続いている。さっき、ちらっと看板が見えたけど、「この先、立ち入り禁止」と書かれていた。その看板には王家の紋章みたいのもあった。

この先になにかがあるのは確かだ。

道を進むと、大きなお屋敷が見えてきた。

わたしたちは門をくぐり、屋敷の前に到着する。

「やっぱり、ここか」

「まさか、このお屋敷をプレゼントとか言わないよね」

「なんだ。この屋敷ではダメか？　中を確認してからでもいいと思うが」

「いやいや、大きすぎるでしょう」

クリフのお屋敷ぐらいある。

あくまで大きさで、目の前にあるのは3階建ての日本風のお屋敷だ。

旅館と言ったほうがいいかもしれない。

「大蛇から国を救い、人は誰も死なず、国への損害はなく、大蛇の魔石と素材も譲ってくれた。もし、大蛇が国にやってきたときの損害を考えれば、これでも足りないぐらいだ」

「わたしもお話を聞いたとき、初めは驚きました。でも、ユナ様は大蛇を倒し、国を救ってくださいました。そのことを考えれば、わたしもおかしくはないと思います」

「確かに、そうじゃのう。大蛇が街を襲ったことを考えれば安いものじゃろう」

3人はあたりまえのように言う。

確かに大蛇の魔石、素材の金額。大蛇が国に来たときの損害を考えれば、お屋敷一つぐらい安いかもしれない。

でも、大きすぎるような気がする。

だって、3階建てのお屋敷だよ。

「でも、どうして、こんな森の中にお屋敷があるの？」

「自分が温泉に入って休むために俺が建てた。だから、ここは王家の敷地内になるので人は来ない。それと希望どおり風呂は温泉になっている」

……人が来なくて、温泉付きの大きなお屋敷。

なに？　その優良物件。

「ユナのクマなら、街まで簡単に行き来できるから、移動も問題はないだろう」

くまゆるとくまきゅうがいれば街までの移動も簡単だ。転移門で来たとしても、誰かに見られるわけでもない。

街の中だと、誰も使っていないと思っていた家からクマの格好をした女の子が出てきたら驚かれる。でも、ここなら安心だ。

「でも、温泉に入りたいからって、どうして、こんなところに建てたの？」

街の中にも温泉は湧いていた。

「ユナ様、それは中に入れば分かりますよ」

サクラが含みがある言い方をする。

まだ、なにかあるのかな？
わたしはサクラに引っ張られるようにお屋敷の中に入る。

520 クマさん、お屋敷の中に入る

わたしたちは大きな扉を開けてお屋敷の中に入る。

入るとちょっとした広間があり、正面には階段があり、左右に移動する通路がある。

やっぱり広い。

カガリさんは懐かしそうに見回している。

「カガリさんは、この屋敷のことを知っていたみたいだけど、来たことがあるの？」

「ああ、何度か来たことがある。スオウが言っていたが、ここの温泉は気持ちいいぞ」

それは楽しみだ。

温泉の効果ってなんなんだろう。

流石《さすが》に科学的分析ができないから、効能とかは分からないと思うけど。美肌効果があるとか、関節痛に効くとか、病気に効くとか、いろいろと聞くけど、疲れが取れたり、気持ちがいいと嬉しいな。

……もしかして、白クマと同じ効果？

いやいや、温泉は別物だ。お風呂は心身を休ませてくれるからね。

「カガリさん、ずっと、あの島にいたんじゃないんだね」

「あたりまえじゃ、抜け出して、あっちこっち行ったこともある。逆に何年も寝ていたこともあったが」

何年も寝るって、冬眠かな？

でも、狐って冬眠はしないいんだっけ？

どっちかというと、冬眠するのはクマだよね。

「カガリは街に酒を飲みに来ていたな」

「持ってくる酒が少ないいんじゃよ」

「カガリが飲みすぎなだけだ」

話を聞く限りだと、カガリさんはかなりお酒を飲むみたいだ。わたしとしては、お酒はいらないけどジュースやコーラは恋しくなるね。ポテトチップスとコーラのコンボは最高だった。ポテトチップスは作れるけど、コーラは作れないからね。

「ユナ様、こちらに来てください」

コーラのことを思っているとサクラが階段の上から、わたしを呼ぶ。

階段の上にはすでにサクラとシノブがいる。

「ジュウベイ。すまないが、おまえはここで待機しててくれ」

「しかし」

「ここは建物の中だから大丈夫だ。それに大蛇を倒したユナもいる。それともユナが俺を襲うと思っているのか？」

　ジュウベイさんがわたしのことを見る。そして、国王に向き直す。

「……いえ」

「なら、ここで見張りを頼む」

「分かりました」

　もしかして、ジュウベイさんに聞かれたくない話でもあるのかな？　少し、ジュウベイさんの残らせかたが強引だった。護衛なら傍にいさせたほうがいい。

　ジュウベイさんを残して、わたしたちは国王と、サクラとシノブがいる階段に向かう。

　ちなみにカガリさんはくまきゅうの上に乗ったままだ。

「ユナ様、こちらです」

「今、行くよ」

　サクラは楽しそうに階段の上から手を振っている。そんなサクラを見て、国王が口を開く。

「サクラに笑顔が戻った。本当に感謝する」

　横を歩く国王が礼を言う。

「わたしも元気になってくれて嬉しいよ」

　初めて会ったサクラは、大人びた口調で、悲しそうな顔で、追いつめられていた。大蛇を倒したことを知ると泣いていた。そんなサクラが笑顔でいるのはわたしも嬉しい。

「ユナが男でないのが残念だ。ユナが男なら、サクラの結婚相手にしたのにな」

「確かに、ユナが男だったらサクラを安心して任せられたのう」

スオウ王からとんでもない発言が出て、カガリさんが同意する。

「わたしは女の子だよ。それにサクラの結婚相手って、まだ早いでしょう」

「亡き妹の代わりに、しっかりとした結婚相手を探してやらないといけないだろう？　サクラには幸せになってほしいからな。早めに相手を決めるのはいいことだ」

「妾《わらわ》としても、サクラには幸せになってほしいからのう」

2人ともサクラの保護者的な役割なのかもしれない。

「言っておくけど、無理強いはさせないでよ。相手はサクラにちゃんと選ばせてあげてね」

元王族の母親を持つ娘。今は亡くなって、国王が間接的に世話をしている。どれだけ恋愛に自由があるか分からないけど、知っている子には幸せになってほしい。その気持ちは国王にもあるだろうから、無理強いはしないと思うけど。サクラが断れるかが問題かもしれない。サクラは国王が連れてきた男に「分かりました」って言ってしまいそうだ。サクラには自分で相手を選んでほしいね。

でも、結婚か。フィナもシュリもノアも大人になったら結婚するんだよね。そう考えると、少し寂しいね。まあ、その前にアンズやカリンさんだね。

「わかっている。だから、ユナが男だったらよかったという話だ」

残念ながら、わたしは女の子だ。サクラとは結婚できない。さらに、現在のわたしは男の子にも興味がない状態だ。未来のわたしが一人で老いていく悲しい絵が脳裏に浮かぶ。

そのとき、くまゆるとくまきゅうが「「くぅ〜ん」」と鳴く。もしかして、わたしの心を感じ取った？

「そうだね。2人がいるね」

「「くぅ〜ん」」

くまゆるに乗っているカガリさんは、いきなり鳴いたくまゆるとくまきゅうに対してのわたしの言葉が分からないようで、首を傾げている。

「ユナ様〜〜」

「今、行くよ」

わたしたちは靴を脱ぎ、サクラとシノブのところに向かう。

クマの靴は説明が面倒だったから、クマボックスにしまったよ。

「3人とも、遅いですよ。なにを話していたんですか？」

ゆっくり話しながら階段を上がってきたわたしたちに、サクラが尋ねてくる。

わたしたちは、サクラの結婚相手の話をしていたとは言えず、笑って誤魔化す。

サクラとシノブを先頭に3階まで上がり、廊下を歩く。

「ユナ様、こちらです」

どうやら、わたしになにかを見せたいらしい。

わたしはサクラが呼ぶほうへ行く。

サクラは扉を開けて、部屋の中に入っていく。

わたしたちも、そのあとに続く。

部屋の中に入ると、床は一面畳だ。

素足で畳の上を歩く。

やっぱり、畳はいい。

なんとも言えない感触だ。

カガリさんのためにクマハウスの一部屋を畳にしたけど、しばらく、あの部屋で寝るのもいいかもしれない。

「ユナ様、こちらに来てください」

部屋の奥にいるサクラが呼ぶ。

サクラがいるところには窓がある。

わたしは呼ばれるままにサクラのところへ向かう。

「これは……」

窓から見えた先には深緑の森の中に青い湖が広がっていた。広い森の中にある湖は、それは綺麗な風景だった。

「ユナ様、ここから見える景色は綺麗でしょう」

サクラは、わたしにこの風景を見せたかったみたいだ。

「うん、凄く綺麗だね」

家に閉じこもっていたわたしは、現実の世界で湖を見たことがない。テレビやパソコンのモニターで見たことはあるが、その風景とは違う。サクラが窓を開ける。わたしはクマさんフードを取る。吹き抜ける風も心地いい。

そんなわたしのことをシノブとサクラが呆《ほう》けたように見ている。

「ユナって、可愛《かわい》いと思っていたっすが、美人さんっすね」

「いきなりなに？　お世辞を言っても、なにも出ないよ」

もしかして、お世辞を言って、このお屋敷を使わせてほしいって魂胆かな？

そんなお世辞を言わなくても、使わせるぐらい構わない。もちろん、使ったあとは、掃除はしてもらうけど。

「わたしも綺麗だと思います」

シノブがお世辞を言うから、サクラまでお世辞を覚えてしまった。

「大きくなったら、わたしよりサクラのほうが美人になるよ。今だって凄く可愛いんだから」

きっとサクラは大きくなったら美人になる。わたしと違って、結婚相手にも困らないんだろうね。ただ、変な男には騙《だま》されないでほしい。

わたしは2人が美人だと騒ぐので、クマさんフードを被る。

「それにしても、いつ見ても、この風景は綺麗です」

目の前には綺麗な湖が広がる。

本当に、この世界に来て、いろいろなものを見たり、体験をしてきた。

たまに、こういうことがあるから、異世界の旅はいいと思う。なによりクマの転移門があるから、簡単に帰れるし。

「どうだ。気に入ってもらえたか？」

「気に入ったかと聞かれれば、気に入ったけど」

まだ、温泉や他の部屋を見ていない。

「先代の王はこの湖の景色が好きじゃったからのう」

カガリさんが懐かしそうにくまゆるの上から風景を見ている。カガリさんの思い出の場所でもあるんだね。

「そんなお屋敷をわたしがもらってもいいの？　あのクマの家を持っているから、隅を貸してもらえれば十分なんだけど。こんな立派な家をもらっても、たまにしか使わないよ」

個人的には、隅にクマハウスを置かせてもらえればいいんだけど。

「それだと礼にならないだろう。おまえは自分がどれだけのことをしたか、まだ分かっていないのか？」

「分かっているよ。サクラの悪夢を取り除いてあげただけでしょう」

「違う。国を救ったんだ」

半分冗談で言ったんだけど、真面目に返された。

でも、実際はサクラが可哀想だから、引き受けた部分が大きい。これが性格の悪い女の子や横柄な王だったら、素知らぬ顔をして、クリモニアに帰っていたかもしれない。

あとは、お米や和の国の食べ物のためだ。なくなったら世界の損失だからね。

「お主に抵抗があるなら、妾がここに住むことにするかのう」

「カガリさん？」

「誰かが、ここに住んだほうがいいじゃろう」

まあ、人が住まないと、家は廃《すた》れるという。

案外、悪い案ではない。

「カガリさんが住むなら、わたしは助かるけど。こんな誰もいないところに一人で住むの？」

「妾はあの島に100年以上もいたのじゃぞ。一人のほうが落ち着く」

確かに。それを言われたら、何も返せない。

それにカガリさんなら、クマの転移門のことも知っているから、何も問題はない。

「あと街に行くにしても、近いし。ここなら、スズランも島にいるよりは簡単に来られるだろう」

スズランって、カガリさんのお世話をしていた人だっけ？

その人がカガリさんのお世話をしてくれるなら、安心かな？

あとは、その人がいるときにかち合わないようにすればいいだけだ。

「わたしもカガリ様に会いに来ます。そうしたら、寂しくないと思います。ここなら、船を使わないので、簡単に来ることができます」

サクラの言葉どおりに、船に乗って島に行くより楽に来られる。

「そのときは酒を持ってくるんじゃぞ」

「サクラに酒を持たせるな！」

「それなら、わたしが持ってくるから、ここに泊めてほしいっす」

「酒は歓迎するが、泊まれるかはユナに聞け」

「掃除をするなら、いいよ」

今度来たら酒樽が部屋に転がっていそうな気がするから、そのぐらいは片付けてほしい。

「なんか、わたしにだけキツクないっすか？」

「なんなら、住んでもいいよ」

「嫌っすよ。こんななにもない場所に住むなんて、たまに来るからいいんすよ」

それには同意だ。たまに来るならいい場所だが、住むとなれば別だ。

それに、クマハウスに暮らし慣れてしまったから、こんな大きなお屋敷に暮らすのは抵抗がある。それに防犯のことを考えると、クマハウスは外せない。

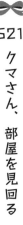

521　クマさん、部屋を見回る

「カガリの家は城の近くがいいかと思っていたが、ここに住むなら、スズランに伝えておく」

「頼む」

「それとユナに、これを渡しておく」

スオウ王はカードを差し出し、わたしは受け取る。カードの表にはわたしの名前が書かれ、紋章みたいなものも描かれている。この屋敷の入り口にあった紋章と同じだ。

「なにこれ？」

「ギルドカードみたいなものだ。これがあれば、どんな格好の者でも問い詰められることもなく街の中に入れる」

国王がわたしの顔でなく、違う場所を見ている。

「どうして、わたしの格好を見ながら言うかな？」

「ユナ、どうぞっす」

シノブがすかさずわたしの前に手鏡を差し出す。

「どうして、わたしの前に鏡を差し出すかな？」

わたしはシノブが差し出してきた手鏡を押し返す。鏡を見なくても、自分の姿がクマの格好だってことぐらい分かる。

「王家が身分を証明するものだから、街に入るときや、城に来たときも問い詰められたりはしないはずだ」

確かに、クマの着ぐるみは、どこに行っても目立つ。街に入るたびに変な目で見られたり、格好について尋ねられたりする。

「ちなみにわたしも持っているっす」

そう言って、シノブがカードを見せてくれる。

忍者だから必要なのかな？

「シノブにはいろいろな場所に行ってもらうことがあるから、渡してある」

まさしく忍者だね。

「ありがとう。ありがたく使わせてもらうよ」

断る理由はない。国家権力は強力だから、ないよりはいい。

でも、あまり使いすぎると面倒なことになりそうだから、気をつけよう。

「それじゃ、カードに魔力を軽く流して、登録してくれ」

わたしは言われるまま、カードを握った手に魔力を流す。

「これで、そのカードはユナのものになった。ギルドカードと同様に扱える。あと、このカードをあのエルフの女の子にも渡してやってくれ」

国王はもう一枚のカードを差し出す。そこにはルイミンの名前が書かれている。

「街の中に入るときはもちろん、サクラに会うときに門番に見せればサクラに話が通るようにしておく」

「伯父様⁉」

サクラが驚いたように国王を見る。

「あのムムルートとの約束だ。あのエルフの嬢ちゃんがいつでもサクラに会える証だと思ってくれればいい」

そういえば、ムムルートさんが、ルイミンがサクラに会えるようにしてほしいって言っていたね。

サクラの家って、巫女《みこ》がいるお屋敷だから、いきなり会いたいといっても会えるものではないような気がする。いきなりサクラに会いに行っても門前払いされる可能性もある。

「これがあればムムルートの孫娘もサクラに会えるだろう」

ちゃんとルイミンのことを考えてくれていたんだね。

「ありがとう。渡しておくよ。それと他の人の分も用意してもらうことってできる？」

「どうしてだ？」

「この前に会った、フィナって子を連れてくるかもしれないから、その子の分も欲しいかなと思って」

「分かった。用意しておこう」

「それなら、ムムルートの分も用意を頼む。あやつが来るようなことがあれば必要になるじゃろう」

「分かった。用意しておこう。もし他の者のカードも必要になれば、言ってくれれば用意する」

「いいの？」

「構わない。おまえさんが悪用するとは思えない。それにあの扉のことを知っている者は少ないんだろう」

現状だと、他にはフィナの母親のティルミナさんと妹のシュリぐらい？

確かに少ない。

「もし、他の人を連れてきたら、どうしたらいい？」

シュリを連れてくるかもしれない。

「おまえさんと一緒なら、数人ぐらいなら大丈夫だ。でも、必要なら用意させよう」

なら、大丈夫かな。

「それじゃ、そろそろ仕事があるから俺は戻る。本当なら城に来てもらって、食事でもと思ったが」

「気にしないでいいよ。いろいろと忙しいんでしょう？」

「すまない」

国王は謝罪をして、カガリさんのほうを見る。

「カガリ、あとのことは任せる。スズランは明日にでも来させるが、食事はどうする？」

「心配は無用じゃ、1日ぐらい食べなくても平気じゃ。いざとなれば街まで行く」

スオウ王は次にサクラを見る。

「サクラ、一緒に帰るか？」

「できれば、もう少しユナ様とお話がしたいです」

「そうか。シノブ、サクラのことを頼む」

「責任を持って送り届けるっす」

国王は一人で部屋を出ていくので、わたしたちは見送る。

「でも、本当にこんな大きなお屋敷をもらってもよかったのかな？」

「構わないじゃろう。実際にお主はそれだけのことをしたんだから、もらっておけ。お主が使わない間は妾がちゃんと使っておいてやるから安心せよ」

「うん、お願いね」

「そこは嫌がるところだと思うんじゃが」

わたしの予想外の言葉にカガリさんは微妙な表情をする。

「カガリさんが使ってくれるなら、わたしも安心だからね。別に、ものを壊したりするわけじゃないんでしょう」

それに建物は人が住まないと傷むっていうし。

「そんなことはせぬ。ただ、掃除などはしないぞ」

そのあたりはカガリさんのお世話をするスズランって人がしてくれるはずだ。

「まあ、汚かったらシノブに掃除をさせるから」

「どうして、わたしっすか。まあ、たまにならいいっすけど」

「そのときは、わたしも手伝いますよ」

サクラが微笑みながら言う。

「それじゃ、まずは温泉と言いたいところだけど、先に転移門を置きたいから部屋を確認かな」

「それでは、わたしが案内しますね」

サクラはそう言うと、わたしのクマさんパペットを引っ張って、歩きだす。

3階にある部屋はどれも畳が敷かれており、まさに旅館って感じだ。部屋も広く、漫画やアニメで見る修学旅行の宿泊先のような部屋だ。もしかして、国王の部屋だったりしたのかな？

でも、なにもない部屋だ。

「ものがないのう」

カガリさんがわたしと同じ感想を漏らす。

部屋の中は空っぽって感じだ。なにも置かれていない家に引っ越してきた気分だ。

イメージ的に、掛け軸とか壺《つぼ》があったりするのかと思ったけど、清々《すがすが》しいほどになにもない。

「不要なものは全て片付けたっすよ。この襖《ふすま》には王家の家紋が描かれてたんっすが、取り替えたっすよ」

「そうなの？」

「ここはユナに与えられるもの。だから、王家に関わるものは全て片付けたっすよ」

だから、なにもなかったわけか。でも、襖まで替えてあったとは思わなかった。

「でも、どうしてシノブがそんなことを知っているの？」

「ふふ、わたしはなんでも知っているっす。でも、知っている理由は秘密っす」

なにかもったいぶったような言い方をする。

忍者だから、なんでも知っていそうだ。本当にシノブとも契約魔法をしておいてよかった。

忍者の情報収集能力は凄い。実際の歴史でも敵国で諜報《ちょうほう》活動をしていたって聞くしね。

「シノブは先日、わたしと来たから知っているんですよ」

だけど、サクラがあっさりと知っている理由を話してしまう。

「ああ、どうして、ばらしちゃうんっすか。わたしのミステリアスな雰囲気が台無しっす」

真実はたいしたことじゃなかったね。

でも、部屋にものがないのは助かる。元々、住んでいた人のものがあると、捨てるに捨てられない。まして、知り合いのものになるとなおさらだ。

ダサい置物とかあったら扱いに困る。あと、サクラが使った布団なら大丈夫だけど、国王が使った布団とかは遠慮したい。

「どうかしたのですか？」

そんなことを考えていたら、サクラが首を傾《かし》げながら尋ねてくる。

「なにもないから、いろいろと用意しないといけないと思ってね」

まあ、こっちで暮らすわけじゃないから、必要最低限で十分だ。それに必要なものはクマボックスに全て入っている。

わたしたちは部屋を見ながら、奥の部屋へと向かう。

もしかして、ここは？

入り口の前に暖簾《のれん》があり、「湯」と書かれていた。

「もしかして、お風呂？」

「はい、温泉です。本当は最後に案内したかったのですが、同じ階にあるので」

扉を開けて中に入ると、脱衣場がある。脱衣場の奥には木の壁がある。

「ちょっと待ってくださいね」

サクラはトコトコと正面の壁に向かう。

「わたしも手伝うっす」

2人は正面の壁でなにかしはじめる。すると、壁だと思ったところは引き戸になっていたみたいだ。引き戸が左右に開き、露天風呂が現れた。石で囲まれた中に温泉があり、湯気が立ち上っている。

「相変わらず大きな風呂じゃのう」

「温泉に入りながら見る景色は綺麗なんですよ」

確かに、夜空を見ながら温泉に入るのはいいかもしれない。昼間でも景色は綺麗だ。わたしが温泉の近くに行くと、森林に囲まれた湖が見える。

「酒を飲みながら入りたいのう」

「お酒はないっすが、温泉は入れるっすよ」

竹筒から、ちょろちょろと温泉が出ている。掛け流しなのかな？

「用意が悪いのう。だが、あとで入るかのう」

「それじゃ、お屋敷を見終わったら、みんなで入ろうか？」

わたしも入りたいし。

「いいのですか？」

「もちろん、自分もいいんっすよね？」

「いいよ」

「それなら、ルイミンさんもお呼びしたいです」

「だったら、フィナも呼ばないとダメっすよね」

わたしたちはとりあえず、他の場所を確認した後に、温泉に入ることにした。

クマの転移門を置かないとルイミンも呼べない。仮置きでもいいんだけど、屋敷を全て確認してからのほうがいい。

522　クマさん、フィナたちを呼ぶ

とりあえず、温泉は後にして、他の場所も見て歩くことにする。

3階を確認したわたしたちは2階に下りる。

「2階は使用人たちの部屋になります」

「国王陛下が来たときに、料理人や護衛の人たちが泊まる部屋っす。わたしとかはここに泊まるっす」

「でも、3階同様に見晴らしはいいですよ」

サクラも来ることがあるみたいだけど、サクラはどっちに泊まるんだろう？　スオウ王の態度を見ると3階になるのかな？　そういえばスオウ王の家族ってどうなっているんだろう？

2階の部屋は3階ほど広くはないが、部屋数が多い。6畳ほどの広さの部屋がいくつもある。シノブ言うとおりに護衛をする人や使用人が泊まる部屋みたいだ。そして、2階にも温泉があった。

2階を見回ったわたしたちは1階に下りる。

1階には調理場や倉庫があった。あたりまえだけど倉庫の中は空っぽだ。逆にいろいろと荷物があっても困るけど。

あと、1階にも使用人が使う温泉がちゃんと用意されていた。やっぱり、上にあるのは王族専用の温泉だったんだね。

建物の中をひと回りしたわたしは自分の使う部屋を決め、そこにクマの転移門を置くことにした。

倉庫でもと思ったけど、温泉に入りに来るなら、3階にあったほうが便利だ。

「それじゃ、この部屋をわたしの部屋にしようかな」

3階のある一つの部屋に決めた。

「一番広い部屋じゃないのか？　てっきり、そこにするかと思ったんじゃが」

「ここも十分に広いよ」

10畳以上はある。一人なら十分だし、ここで暮らす予定もない。

「あの広い部屋はカガリさんが使っていいよ」

スオウ王の部屋だったかもしれないし。

「よいのか？　それじゃ、あの部屋は有難く妾《わらわ》が使わせてもらおうかのう」

わたしは壁際にクマの転移門を出す。

「この扉の先に別の場所が繋《つな》がっているかと思うと不思議じゃのう」

カガリさんはクマの転移門を見ながらそんなことを口にする。

「カガリ様は、あちらのユナ様の家にいたんですよね。どんな街でしたか？」

サクラが何気なく尋ねる。でも、カガリさんは即答できない。

「……見ておらん」

カガリさんは小さな声で答える。

「カガリさんは大蛇の戦いのあと、疲労で、ずっと寝ていたんだよ」

少し可哀想なので、助け舟を出す。本当に体の回復に専念するために、動物のように食べては寝てを繰り返していた。

カガリさんのために和室を設置したが、基本寝ていた。

「そうだったのですね。ごめんなさい」

「いや、気にしないでよい。魔力と体力の消耗、さらに心も疲れておったみたいじゃ。いくら寝ても足りなかった。それに久しぶりに、安心して眠れたせいもあった。あの家はなぜか温かく安心感があった」

クマハウスの力でも感じ取ったのかな？

「それで、もう体のほうは大丈夫なのですか？」

「大丈夫じゃ」

カガリさんはサクラを心配させないように笑う。

元の大人の姿に戻っていない以外、問題はなさそうだ。

「だから、今度はゆっくりと見物させてもらうかのう」

「わたしも見てみたいです」

「そうだね。今度、連れていってあげるよ」

「本当ですか⁉　楽しみです」

サクラが嬉しそうに微笑む。そんなわたしたちをシノブが見ている。そんな視線を、わたしはゆっくりと外す。

「どうして、わたしから目を逸《そ》らすっすか？」

「逸らしてないよ」

「嘘っす。わたしの目は誤魔化せないっす。この目でユナが目を逸らしたのを見たっす」

「シノブは連れていかないから」

「ど、どうしてっすか！」

「なにかしそうだから」

「酷いっす。イジメっす。横暴っす。差別っす」

シノブが泣きマネをするけど、スルーする。

別に連れていってもいいけど、わたしのお店に連れていったら、絶対にシノブが笑うのは目に見えている。連れていくのは遠慮したい。

わたしがそんなことを考えていると、カガリさんが口を開く。

「それにしてもおなかが空いたのう」

さっき、一日ぐらい食べなくても大丈夫みたいなことを言っていなかったっけ？

まあ、食べ物ならクマボックスにたくさん入っている。調理場もあるから、料理も作れる。

でも、せっかく目の前には湖がある。

「それじゃ、あの湖のところでバーベキューでもしようか？」

わたしは窓を開けて、湖を見る。

近くで湖を見たいし。あとで行こうと思っていた。それなら、湖の側でバーベキューするのがいいと思った。

元引きこもりのわたしが、外でバーベキューとか、変わったね。これも、この世界に来て、いろいろと旅をしたおかげかな。

「バーベキュー、ですか？」

「それはなんじゃ？」

「外で肉や野菜を焼いて、みんなで食べることだよ」

「おお、それはいいのう」

「でも、食材はどうしますか？」

「ほれ、それはシノブに街まで行ってもらえばいいじゃろう。ほれ、行ってこい」

「えっ、一人でっすか？　それなら、ユナの門を使えばいいじゃないっすか！　そっちのほうが早いっすよ」

「食材なら、わたしが持っているから大丈夫だよ」

クマボックスには食材も調理道具も入っている。

「あのう、それなら、ルイミンさんとフィナちゃんを呼ぶっていうのはどうでしょうか？　温泉のときに呼ぶお話だったと思うのですが、食事をしたあとに呼ぶのもあれですので」

サクラの言うとおりだ。今、呼ぶのも、後で呼ぶのも一緒だ。

「そうだね。ルイミンとフィナに聞いてみるよ」

わたしはクマフォンを取り出すと、ルイミンに呼びかけるように軽く魔力を流す。

しばらくすると、クマフォンからルイミンの声がしてくる。

『ユナさん？』

「ルイミン、お昼ごはん食べた？」

『いきなりなんですか？　まだ食べていませんが』

「それじゃ、今からこっちで、みんなで食事をするんだけど、来れる？」

『こっちって、どこですか？』

「和の国だよ」

わたしは和の国に戻ってきたことを説明する。

『そういえば、和の国の状況が落ち着いたら、行くと言っていましたね』

「それで、今サクラたちと一緒にいて、食事をしようって話になって」

『わたしも行ってもいいんですか？』

「うん、フィナも呼ぼうと思っているしね」

『分かりました。サクラちゃんにも会いたいので、行きます』

「ああ、それじゃ、来るときはキノコをお願いね」

『キノコですか？　分かりました』

「うん、美味しいところをお願いね」

バーベキューにはキノコも必要だからね。せっかくなので、持ってきてもらうことにする。

それに肉だけでは栄養が偏るし。

「転移門の近くに来たら、連絡をちょうだいね」

ルイミンとの通話を切り、次にわたしはフィナのクマフォンに繋げる。

『ユナお姉ちゃん？』

「今、大丈夫？」

『はい、大丈夫です』

『ユナ姉ちゃん？』

後ろからシュリの声も聞こえてくる。どうやら、一緒にいるらしい。

「食事は食べちゃった？」

『いえ、まだです』

「それじゃ、今からわたしの家に来れる？」

『あら、ユナちゃん。フィナに用事？』

今度はティルミナさんの声が聞こえてくる。

「うん、フィナと一緒に食事でもしようと思ったんだけど。もしかして用意してます？」

『ふふ、まだ準備前だから大丈夫よ。フィナ、いってらっしゃい』

フィナの貸し出しの許可が下りる。

『わたしも行きたい！』

シュリが声を上げる。

わたしはクマフォンから、顔を離して。皆に尋ねる。

「フィナの妹も一緒でいい？」

「妾《わらわ》はいいが、お主の扉のことを知っておるのか？」

「うん、知っているよ」

「お主がいいのなら、妾は問題はない」

「もちろん、わたしもいいですよ」

「わたしもっす」

わたしはクマフォンに顔を近づける。

「シュリもいいよ。あと、ティルミナさん。今日、帰りが遅くなったら、わたしの家で泊まるかもしれないけど、いい？」

『ユナちゃんと一緒なら安心だからいいわよ。もちろん、娘がキズモノになったら、責任をとってもらうけど「お母さん！」』

ポコポコと叩《たた》く音が微かにクマフォンから聞こえてくる。

たぶん、フィナがティルミナさんを叩いているのだろう。

『ふふ、それじゃユナちゃん、2人をお願いね』

『うぅ、ユナお姉ちゃん、今から行きます』

「うん、待っているよ。それでお願いがあるんだけど、アンズのお店に行って、サザエみたいな大きい貝をもらってきて。少し多めでお願いね」

せっかくなので、サザエなども焼いて食べることにする。

これで、準備はＯＫだ。


フィナとの会話が終わると、クマフォンが鳴きだす。

ルイミンからの「近くまで来ました」という連絡だった。

わたしはエルフの森にあるクマの転移門へ繋げ、ルイミンを迎え入れる。

相変わらずの神聖樹の中に移動して、外に出てから新たにクマの転移門を設置する。

面倒くさいから、神聖樹の外にクマの転移門を設置したほうがいいかもしれない。

「ああ、ルイミン、靴は脱いで」

転移門を通る前に言う。

「あ、はい」

ルイミンは急いで靴を脱いで、クマの転移門を通る。

ちなみにこのお屋敷は土足厳禁だ。

わたしのクマの靴は汚れないからそのまま入ることはできるけど、フィナやルイミンのことを考えると、靴箱を設置したほうがいいかもしれない。

一番いいのは玄関にクマの転移門を設置することだけど、温泉に入るとき3階まで上がらないといけないし、他の人が来たら、面倒だ。

それに扉を開けた瞬間、カガリさんのお世話をする人と鉢合わせしたら困る。

まあ、そのあたりのことは後々考えることにする。

「ルイミンさん、お久しぶりです」

「サクラちゃん！　久しぶり」

ルイミンとサクラはお互いに嬉しそうにする。

「もう大丈夫？」

「はい、疲れて寝てばかりでしたが、今はなんともありません」

サクラは両腕を上げて、元気ポーズをする。

「ふふ、よかった」

「ルイミンさんのほうも大丈夫でしたか?」

「わたしも元気だよ」

ルイミンもサクラの真似をして元気ポーズをする。

「あのう、それで、ここはどこですか?」

ルイミンが靴を持ちながら、部屋を見回す。

「和の国で、わたしがもらったお屋敷だよ」

「ユナさん、お屋敷をもらったのですか?」

「まあ、一応。この前のお礼だから断るのもあれだったからね」

ルイミンが窓の外を見たりして、騒いでいるとクマフォンが鳴り、フィナとシュリがクマの転移門を通って、和の国にやってくる。

「ユナ姉ちゃん、ここはどこ?」

「ここは和の国っていう遠い国だよ」

シュリはキョロキョロと部屋を見たり、カガリさんたちを見ている。

「お主がフィナの妹か?」

「可愛《かわい》いっすね」

「フィナちゃんに似ていますね」

カガリさんたちがシュリを見ると、シュリはフィナの後ろに隠れてしまう。

「だれ？」

「妾はカガリじゃ。ユナとは魔物と戦った友じゃな」

カガリさんは胸を張って自己紹介をする。

間違っていないけど。自分より小さいカガリさんが魔物と戦ったと聞いてシュリは驚いている。

「わたしはサクラといいます。ユナ様はわたしの命の恩人です」

サクラは手をおなかのところで合わせて、軽くおじぎをする感じで、丁寧に自己紹介をする。

「わたしはシノブっす。ユナの奴隷っす」

とりあえず、殴っておいた。

「痛いっす」

「シノブはただの知り合いだから、気にしないでね」

「酷いっす」

どっちが酷いのか。

「えっと、わたしはルイミンです。ユナさんとフィナちゃんの友達です」

ルイミンは明るく元気に自己紹介をする。

そういえばルイミンとシュリが会うのは初めてだっけ？

フィナが会っているから、シュリも知っている感覚になっていた。

「シュリも挨拶《あいさつ》を」

フィナがシュリの背中を軽く押して、自分の前に移動させる。

「シュリ。お姉ちゃんの妹です」

フィナの手を握りながら自己紹介をする。

「ユナ姉ちゃんは……」

シュリはわたしを見ながら、困っている。

どうやら、わたしとの関係を考えているみたいだけど、分からないみたいだ。確かに、シュリとわたしの関係を説明するのは難しい。わたしからしたら、命の恩人の妹になるのかな？

それを言ったら、フィナに怒られるから、言うのはやめておく。

「シュリはフィナと同じで、大切な妹みたいなものだよ」

わたしの言葉にシュリだけでなく、フィナも嬉しそうにする。

523 クマさん、バーベキューをする

「それで、ユナお姉ちゃん。ここで食事をするのですか？」

「ここじゃなくて、あそこで食べるつもりだよ」

わたしは窓の外を指す。

フィナとシュリが外を見る。

「うわぁ〜〜」

「凄いです」

「高いです」

窓から広がる景色を2人は身を乗り出すように見る。

森林の中に湖が広がり、クリモニアでは見られない光景だ。

「あの湖で食べるの？」

「うん、綺麗でしょう。それじゃ、みんな揃《そろ》ったし、行こうか」

わたしたちはお屋敷を出て湖に向かう。

国王も湖に向かうことがあるのか、道は舗装されていて歩きやすい。

「フィナとシュリは、ユナの秘密は知っているんっすね」

わたしたちの前を歩くフィナとシュリを見ながらシノブが尋ねてくる。

「フィナは命の恩人だし、いろいろとお世話になっているからね」

「うぅ、ユナお姉ちゃん。命を救ってくれたのはユナお姉ちゃんです。それに本当にお世話になっているのはわたしです。いつも、ユナお姉ちゃんには助けられてばかりです」

前を歩いていたフィナに聞こえていたのか、振り向きながら言う。

この世界に来て、迷子になっていたわたしを街まで連れていってくれたり、この世界のことを教えてくれたのはフィナだ。フィナがいなかったら、もっと面倒なことになっていたかもしれない。だから、フィナがわたしに恩を感じているように、わたしもフィナには感謝をしている。


そして、湖が近くになるとシュリが湖に向かって走りだす。

「湖だ～！」

「走っちゃ、危ないよ」

走りだすシュリの後をフィナが追いかける。

「子供は元気じゃのう。年寄りには眩《まぶ》しいのう」

「本当に元気ですね」

くまゆるの上に乗った狐《きつね》幼女とくまきゅうに乗った巫女《みこ》少女がシュリとフィナを見て微笑《ほほえ》ま

しそうに言う。

見た目でいえば、カガリさんが一番子供です。それにサクラも子供でしょう、と突っ込んだら負けだろうか。

でも、実際はカガリさんは大人だし、サクラは年齢のわりに大人びているところがある。そんな2人から見たら、フィナとシュリは子供に見えるのかもしれない。

ただ、フィナとシュリを見ていると、子供は元気だということに同意だ。

湖に着くとフィナとシュリは栈橋の上に立っている。

栈橋まであるんだね。釣りもできそうだ。もっとも、そんな趣味はないから、やらないけど。

「綺麗だね」

湖は、日の光で反射して、輝いているように見える。ここで、クマの水中遊泳を確かめることができそうだね。確かめるにしても、今やると騒ぎになるから、また今度かな。

「それにしても、日差しが強いのう」

確かに日差しが強く、眩しい。

「それでは、あちらの日陰に移動しましょう」

サクラも少し暑そうにしている。どうやら、気温は高いらしい。クマの着ぐるみを着ていると、そのあたりの感覚が他の人とずれてくる。

わたしたちはサクラの提案どおりに湖の近くにある大きな木の下に移動する。

「それじゃ、バーベキューの準備をするから、みんなは遊んでいていいよ」

わたしはみんなに言うとクマボックスから大きめのテーブルを出し、その上に食材を並べる。

「わたしも手伝います」

フィナが桟橋から戻ってくる。

「わたしも手伝うっすよ」

「その、わたしにできることがあれば、手伝います」

「わたしも」

「わたしも手伝う～」

シノブ、サクラ、ルイミン、シュリが申し出てくれる。

「それじゃ妾《わらわ》は、くまゆるの上でのんびりと待たせてもらおうかのう」

一人だけ、手伝う気がない人《狐》がいた。

カガリさんは宣言どおりにくまゆるの上でだらける。

「う～ん、それじゃ、手分けしてやろうか」

カガリさんはくまゆるに任せて、わたしはテーブルの上にある食材を見る。

「それじゃ、フィナはこのぐらいのサイズに肉を切ってもらえる？」

大きな肉の塊を食べやすいサイズに切ってもらう。肉を切るなら、フィナは得意だ。豚、鳥、牛、ウルフなどのいろいろな肉を用意し、フィナに任せる。

「分かりました」

　フィナは包丁で手慣れた感じで肉を切っていく。

「シノブは火をおこして」

「了解っす」

「ルイミン、キノコは持ってきてくれた？」

「持ってきましたよ」

　ルイミンはアイテム袋から、キノコが入った袋を出す。

「それじゃ、キノコの処理はルイミンに任せるよ。それが終わったら、こっちを手伝って」

「分かりました」

　3人に指示を出すと、サクラとシュリがわたしの指示を待っている。

「えっと、サクラとシュリは……見ていて」

「え〜」

「わたしも手伝うよ〜」

　2人が抗議の声をあげる。

　2人にやらせることがない。個人的には遊んでいてほしい。

　でも、2人も手伝いたそうにしているので、わたしは考える。

「それじゃ、シュリはフィナが切った肉をお皿にのせて、こっちのテーブルに、サクラはわたしが切った野菜をシノブのところに持っていって」

どうにか2人ができる仕事を頼む。

わたしは野菜を切っていく。ニンジン、カボチャ、トウモロコシ、キャベツ、ネギ、タケノコ、ナスを切っていく。クマボックスに入れておけば、季節に関係なく、買い置きできるから便利だ。

「ユナさん、上手です」

肉と野菜を切っていく、わたしとフィナを見て、サクラは感心する。

褒められても、ただ切っているだけだ。

「その、わたし、包丁を握ったこともないです」

まあ、サクラは子供だし、元は王族の娘だし、そのあたりはしかたない。

シュリはまだ、小さい。でも、解体ならわたしよりも上手だ。

わたしとフィナ、ルイミンはどんどん食材を切っていき、準備を終える。

「それにしても、いろいろな食材があるっすね」

火の番をしていたシノブがそんな感想を漏らす。

「いろいろと楽しめていいでしょう。肉だけじゃ、栄養が偏ってよくないからね」

食材の準備を終えたわたしたちは焼き始める。

わたしはまずは野菜を鉄板に置いていく。そして、最後に肉を焼いていく。

「美味《おい》しそうじゃのう」

お皿と箸《はし》を持ったカガリさんが待ち構えている。

「味つけに、塩と醤油があるけど、好きなものを使って」

「ふふ、こんなこともあろうかと、こんなものを持っているっす」

シノブは内ポケットのアイテム袋から、白い小瓶を出す。

「もしかして、それは」

「秘蔵のタレっす。ユナと一緒に肉を食べたときのタレっすよ」

「なんで、持っているの？」

「もちろん、買ったっすよ」

わたしも今度、大量に買っておこうと思っていたのに、いろいろなことがあって、まだ買っていない。今度、暇なときにでも買いに行こう。

わたしたちはそれぞれのお皿を持って、焼き上がった野菜、肉を食べていく。

「どの肉も旨いのう」

カガリさんは肉ばかりで、野菜を食べていない。

「肉ばかりじゃなくて、野菜も食べないと大きくなれないよ」

「妾はお主より、大きいから問題はない」

小さい状態のカガリさんが言っても説得力がない。でも、元の姿のカガリさんを思い浮かべてみると、身長も胸も大きいんだよね。

まあ、数年後には追い越しているけど。

でも、カガリさんの言葉じゃないけど、どれも美味しい。景色も綺麗だし、空気も美味しい。

「みんなも美味しい？」

「はい、美味しくいただいています」

「これもわたしが持ってきたタレのおかげっすね」

確かにシノブが持っていたタレは甘辛くて美味しい。

「ルイミンさんの持ってきたキノコも美味しいです」

「そう言ってくれると、嬉しいです」

フィナとシュリのほうに視線を向けると、シュリはリスのようにトウモロコシをかじっている。

初めはトウモロコシに驚いていたけど、気に入ったようだ。今度はポップコーンを作ってあげようかな？

「ああ、シュリ、口が汚れているよ」

フィナはシュリの口をハンカチで拭く。

微笑ましい光景だ。

バーベキューは好評のようだ。やってよかった。

わたしは焼いた野菜や肉をお皿にのせて、くまゆるとくまきゅうのところにやってくる。

「くまゆる、くまきゅう、熱いから気をつけてね」

わたしは焼いた野菜や肉をくまゆるとくまきゅうの口の中に入れてあげる。くまゆるとくまきゅうは美味しそうに食べる。

それを見ていた、フィナ、シュリ、サクラまでがくまゆるとくまきゅうに食べさせ始める。

これって、子熊化したほうがいいのかな？

食べさせるにしても、子熊化すれば食べる量が違うはずだ。わたしはくまゆるとくまきゅうを子熊化する。

フィナたちは子熊化したくまゆるとくまきゅうの口に食べ物を運ぶ。

その姿は微笑ましい。

それから、フィナが持ってきてくれたサザエなどの貝類も焼いて、醬油をかけて食べる。

うん、美味しい。

みんなも満足そうな表情をしている。

カガリさんとシュリはシート代わりに敷いた絨毯《じゅうたん》の上に倒れている。

「もう、おなかがいっぱいじゃ」

「苦しいよ」

苦しんでいるけど、食べすぎなだけだ。休めば大丈夫だろう。

急遽《きゅうきょ》決まったバーベキューは終わり、わたしは調理道具やお皿を片付ける。フィナやシノブ、それからサクラも手伝ってくれ、片付けはあっという間に終わる。

それから、食後の休憩をしていると、くまきゅうを抱いているシュリが尋ねてくる。

「ユナ姉ちゃん。暑いから湖で泳いでもいい？」

どうやら、おなかのほうは大丈夫みたいだ。

でも、湖で泳ぐか。

暑いのはくまきゅうを抱いているからでは？　と思ったけど、みんなも暑そうにしている。

体温調節をしてくれるクマの着ぐるみのおかげで忘れていたけど、夏は終わっていない。

夜も寝苦しくないし、ほぼ24時間着ているせいで、気温のことは忘れがちになる。

「この湖って危険はない？」

探知スキルで確認するが、湖の中に魔物がいるってことはない。でも、魔物以外にも危険なものがいるかもしれないので、サクラとシノブに尋ねる。

「はい、大丈夫ですよ。わたしも泳いだことがありますから。そういえば、今年は泳いでいません」

溺《おぼ》れる心配もあるけど、くまゆるとくまきゅうが一緒なら、大丈夫かな。

「でも、泳ぐのはいいけど、水着がないでしょう。家に取りに戻る？」

「その、水着ならわたしが持っています」

水着のことを言ったら、フィナが持っているらしい。

「なんで持っているの？」

「ユナお姉ちゃんからもらったアイテム袋、たくさん入るから、いろいろと入れてあるんです」

フィナにあげたアイテム袋は盗賊を討伐したときにもらったものだ。わたしのクマボックスほどではないにしても、水着ぐらいなら、余裕で入るだろう。

フィナはシュリと自分の水着を出す。

「それじゃ、家を出すから、着替えておいで」

わたしは少し開けた場所にクマハウスを出す。

建物に戻るより、こっちのほうが早い。

流石《さすが》に周りに女の子しかいなくても、外で着替えさせるわけにはいかないからね。

「それじゃ、サクラ様。わたしたちも泳ぐっすか？」

「でも、泳ぐ服が」

「こんなこともあろうかと。持ってきています」

シノブは胸に手を入れると、水着らしきものを出す。シノブの服の内側にアイテム袋があるのは知っているけど。そこから出すと、服の中に水着を隠し持っていたように見えるから困る。

海もあるから、和の国にも水着はあるみたいだ。

サクラとシノブも水着に着替えるため、クマハウスに入っていく。
わたし？　もちろん、泳がないから着替えないよ。

524 クマさん、湖で遊ぶ

水着に着替えた5人がクマハウスから出てくる。

シュリはこの前、海に遊びに行ったときに着たフリルが付いた白いワンピースの水着を着ている。フィナも同じように海で着ていたフリルが付いた白いビキニの水着だ。

ルイミンはわたしが貸してあげた白黒のビキニを着ている。

サクラは、こちらも清楚《せいそ》な白い水着を着ている。

シノブの水着は……さらし？

胸のところにぐるぐるとサラシのようなものが巻かれている。

サラシを水着と言ってもいいのか分からないけど、偶然にも皆が白い水着だ。一部黒い水着あるけど。

「ユナ姉ちゃん、くまゆるちゃんとくまきゅうちゃんを大きくして」

食べるときは小さく、遊ぶときは大きくなって、くまゆるとくまきゅうも大変だ。

くまゆるとくまきゅうを元の大きさに戻すと、シュリはくまきゅうの背中に乗る。

「あのう、シュリ。わたしもくまきゅう様に乗せていただいてもいいですか？」

サクラもくまきゅうに乗りたかったのか、シュリにお願いをする。

そのお願いをシュリは笑顔で「うん、いいよ」と答える。

サクラは嬉しそうにシュリの後ろに乗る。

どうやら、2人はくまきゅう派みたいだ。シュリは絵本を描いたときも、白いクマがいいって言っていたし。くまきゅうのほうが好きらしい。サクラもくまきゅうのほうを好んでいる節がある。くまきゅう、大人気だね。

でも、くまゆるが人気がないわけじゃない。

くまゆるの上にはフィナとルイミンが乗っている。

4人を乗せたくまゆるとくまきゅうは走りだし、湖に飛び込む。

大きな水しぶきが起きる。

シュリはくまきゅうに「もう一度、やって」とか言っている。

サクラは「もう一度ですか！」と言い。

フィナは「あまり、危ないことはしちゃダメだよ」と言い。

ルイミンは笑っている。

みんな楽しそうに遊び始める。

くまゆるとくまきゅうがいれば溺《おぼ》れることはないかな。シノブも傍で見てくれているので安心だ。

ちなみにわたしも誘われたけど、丁重に断った。どうも、水着姿はやっぱり慣れない。

「子供は元気があって、いいのう」

カガリさんは椅子に座りながら、湖で遊ぶフィナたちを見ている。

くまきゅうに乗ったサクラとシュリ、くまゆるに乗ったフィナとルイミンは、それぞれに分かれて水のかけっこをしている。

「そうだね。若い子は元気だね」

わたしの目にもフィナたちの明るい姿は眩《まぶ》しい。

「なにを言っておる。お主だって子供じゃろう」

「子供姿のカガリさんに言われたくないよ」

見た目だけで言えば、カガリさんのほうが子供だ。

「妾《わらわ》の心は大人だから、いいのじゃ」

どこかの、頭脳は大人、体が子供の探偵のアニメじゃないんだから。

でも、カガリさんの場合はお婆ちゃんの間違いじゃないかな？　もちろん、心に思っても、あとでなにをされるか分からないので、本人に向かっては言わない。

「じゃが、お主の姿も偽りの可能性もあるのう。実は妾と同じぐらいの年齢か？　それなら、あの熟練した魔法の力も頷《うなず》ける」

なにを言うかな、この幼女《お婆ちゃん》は。

「15年しか生きていないよ。どこかの狐と一緒にしないで」

「お主の秘密に近づけたと思ったが違ったか。じゃが15歳か、それにしては小さくないか？」

今、どこを見て言ったのかな？

着ぐるみのおかげで特定部分の大きさは分からないはずだから、身長のことだよね。

でも、数年後にはモデルみたいに大きくなるよ。


カガリさんと一緒に元気に遊ぶ子供たちを見ていると、体が濡れたシノブがやってくる。

「いや～、本当にみんな元気っすね」

シノブは水が入ったコップを一気に飲み干す。

「ユナ、一つ聞いてもいいっすか？」

「変なことじゃなければね」

「別に変なことじゃないっすよ。シュリのお尻についている尻尾《しっぽ》みたいなのはなんすか？」

わたしは思い出す。確か、シュリのお尻にはまん丸い白いものが付いている。クマの尻尾だ。

「ノーコメントで」

「え～、教えてくださいっすよ」

笑みを浮かべながら尋ねてくる。絶対に分かっていて聞いてるよね。

わたしはシノブを無視して、シュリたちに視線を向ける。

「くまきゅうちゃん、水の上を走って」

「くぅ～ん」

くまゆるとくまきゅうが水の上を走れることを知ったシュリは何度目かのお願いをする。シュリのお願いを聞いて、くまきゅうは水の上を走る。

それに対して、半分体を出して泳いでいるくまゆるに乗ったフィナとルイミンはのんびりしている。

「わたしもくまきゅうに負けていられないっすね」

シノブはそう言い、桟橋に向かって走りだすと、そのまま湖の上を走っていく。

わたしは目を疑った。

シノブが水の上を走っている。

「どうっすか。わたしもこれぐらいのことはできるっすよ。くまきゅうには負けないっす」

シノブは湖の上を走るくまきゅうの横を並走する。

「シノブ姉ちゃん、スゴイ」

「シノブ、そんなことができたのですね」

「秘術っす」

忍術じゃないの？

「両足を素早く動かすのがコツっす。足が沈む前に足を上げるっす」

足を素早く動かすって、漫画やアニメでそんな話を見たような気がする。でも、実際はできないでしょう。

普通に考えて、水に一歩踏み込んだだけで、水の中に落ちるよね。

でも、シノブは実際に湖の上を走っている。

魔力か魔法か何かなのかな?

「だから、足を止めると」

シノブが足を止めた瞬間、バシャッと大きな水音を立ててシノブは水の中に落ちる。

本当に魔法じゃないの?

魔力を足に溜めて、浮力的な何かを得ているとか思ったんだけど。

もし、水の上を走ることが一般的にできないことだったら、シノブがしたことは凄いことだ。

川ぐらいなら、渡れることになる。

わたしのチートの力と違って、自分で手に入れたシノブの力は凄いと思う。


そして、遊び尽くしたみんなは木陰で、くまゆるとくまきゅうに寄りかかるように昼寝タイムだ。みんな気持ちよさそうに寝ている。

なぜか、遊んでいないカガリさんも一緒だ。

もしかすると、まだ本調子ではないのかもしれない。

わたしとシノブはフィナたちが風邪を引かないようにみんなにタオルをかけてあげる。

「シノブは疲れていないの？」

「このぐらいじゃ、大丈夫っすよ。仕事に比べれば、楽なもんっす」

流石《さすが》、忍者だね。

「そういえば、みんなと遊んでいたけど、怪我のほうは大丈夫なの？」

「大きく動かすと、少し痛みが走るっすが、誰かさんがなにかしてくれたので、大丈夫っす」

シノブが怪我をしていた左肩を回す。

「あとの細かい傷は薬を塗っておいたから治っているっすよ」

それはよかった。見た感じ、傷が残るような怪我は見えない。治したのは肩と顔だけだったけど、大丈夫みたいだ。流石にあの血みどろの姿には驚いた。

「ユナ、本当にありがとうっす」

「いきなり、なに？」

「こんなに楽しそうなサクラ様を見たのは久しぶりっす。フィナもシュリもいい子っすね」

シノブは微笑ましそうにくまゆるとくまきゅうに寄りかかるサクラたちを見る。

「サクラと一緒で、フィナとシュリは頑張りやのいい子だからね」

わたしはくまゆるに寄りかかって寝ているフィナを見る。

フィナが傍にいてくれたから楽しかったことが多い。わたしを純粋に慕ってくれるのが嬉しい。頑張っている姿を見ると、手助けをしたくなる。

もちろん、ルイミンもいい子だ。


その日の夕食を終えたシュリとルイミンは畳の上でゴロゴロと転がっている。

食後の休憩もしたし、いつもなら眠そうにしているシュリも昼寝をしたことで元気だ。

それに畳の上でゴロゴロしたい気持ちは分かる。

気持ちいいからね。

「本当にここに泊まってもいいんですか？」

座布団に座っているフィナが尋ねる。

「わたしたち以外は誰もいないから気にしないで大丈夫だよ」

ちゃんと、ティルミナさんには泊まるかもしれないことは伝えてあるから大丈夫だ。

ちなみにルイミンは一度エルフの村に戻り、お爺ちゃんのムムルートさんに泊まると言って、戻ってきた。

「それじゃ、そろそろ温泉に入りに行こうか」

「ユナ姉ちゃん、温泉ってなに？」

畳の上に転がっていたシュリが転がるのをやめて、尋ねてくる。

「簡単に言えば、地下から出てくるお湯を使ったお風呂かな？」

シュリはわたしの説明が分からないようで首を傾《かし》げている。

「う〜ん、本当に地下からお湯が出てくるんですか？」

前回、ルイミンに説明したが、まだ信じられなそうにしている。

「普通は冷たい水だけど、場所によっては地下から温かいお湯も出てくるんだよ」

地形がどうとか、火山のマグマがどうとか、地下に流れる水がどうとか説明しても分からないかもしれないので、簡単に説明しておく。

でも、シュリとルイミンは分かったような分からないような表情をしている。

「お主は博識じゃのう。温泉を知らない人が、地下からお湯が出てくることを聞くと、大抵は信じられないんじゃがのう」

地層の教育なんてないだろうし、しかたない。

それにお湯が湧き出す光景を見たことがなければ、知らないほうがあたりまえだ。テレビやネットがあるわけじゃないから、情報を手に入れることはできない。

わたしだって今、他の国の情報を知ることはできない。どんな気候なのか、どんな食べ物があるとか、どんな服装をしているか、どんな種族がいるとか、どんな魔物が生息しているとか、分からない。

温泉を見たことがなければ、温泉のことを知らなくてもしかたないことだ。

わたしたちは3階にある温泉に向かう。「湯」と書かれた暖簾《のれん》をくぐり脱衣所に入る。

「まずは、ここで服を脱ぐよ」

「あれ、お風呂どこ？」

シュリがキョロキョロと周りを見る。

木の扉で温泉は見えない。

「今、開けるっす」

シノブが引き戸を開ける。

「うわぁ、すごい。お外にお風呂がある」

引き戸の前でシュリが声をあげる。その声にフィナとルイミンが反応して、引き戸の前にやってくる。

「本当に凄いです」

「大きいお風呂です」

「ほら、服を脱がないと入れないよ」

わたしの言葉にシュリは急いで服を脱ぎだす。それに続いて、ルイミン、フィナ、サクラ、シノブ、カガリさんと服を脱いでいく。わたしもクマの着ぐるみを脱ぐ。

「やっぱり、ユナって、髪が長くて美人っすよね。なのにそんな格好をしているなんて、もったいないっすよ」

「ユナ様は綺麗です」

シノブとサクラがお世辞を言う。

たぶん、シノブの目は腐っていて、サクラはわたしが大蛇を倒したことで、2、3割高く評価しているだけだ。将来的にはサクラは美人になるし、シノブも美人の部類に入る。

「普通の格好をすれば、モテるっすよ」

つまり、クマの格好じゃモテないってことだね。いいことだ。

そもそも、わたしが綺麗な服を着て、男の人とデートとかするイメージが湧かないし、必要がない。

「わたしより、シノブのほうがモテるでしょう」

シノブの体はわたしと違って引き締まっている。わたしはシノブの二の腕を掴《つか》んで揉《も》んでみる。鍛えているのが分かる。それに引き換え、わたしの二の腕はプヨプヨだ。シノブの腹筋も鍛えられている。わたしとは段違いだ。

これが引きこもりのわたしと、体を鍛えてきたシノブの差だ。

「いきなりわたしの腕を掴んで、なにを落ち込んでいるっすか？」

「シノブは顔も体も綺麗だねって話だよ」

そんな人に綺麗とか言われてもお世辞にしか聞こえない。

クマさんパペットをしていたら、シノブの前に鏡を出してあげたかった。

「ユナの体は綺麗っすけど、鍛えていないっすね。それで、あの強さ。不思議っす」

そんなにマジマジと見ないでほしいんだけど。わたしはタオルで体を隠す。

「ほれ、バカなことはしていないで、早く行くぞ」

カガリさんの言葉で全員、準備が終わっていることを知る。

「ユナ姉ちゃん、早く」

わたしたちは脱衣場から露天風呂がある外に出る。

525 クマさん、温泉に入る

服を脱いだわたしたちはシュリを先頭に脱衣所から露天風呂に移動する。

さっきも見たけど広い湯船だね。わたしたち全員が入っても余裕がある。

シュリが今にも温泉に入りたそうにしている。だけど、そんなシュリの腕をフィナが摑《つか》む。

「体を洗ってからだよ。こっちにおいで、洗ってあげるから」

フィナがシュリを連れて、洗い場に向かう。それを見ていたルイミンがサクラに声をかける。

「それじゃ、サクラちゃんの体はわたしが洗いますね」

「それでは、お返しにわたしがルイミンさんの体を洗います」

サクラとルイミンが一緒に離れていく。

「う〜ん、それじゃ。わたしはカガリ様の体を洗ってあげるっすね」

シノブはカガリさんの脇の下に手を入れると持ち上げて移動する。

「妾《わらわ》を子供扱いするのではない！」

「もちろん、していないっすよ。だから、暴れないでくださいっす」

シノブは暴れるカガリさんを連れて離れていく。

必然的にわたしは一人残される。

取り残されたわたしは一人で寂しく、体を洗おうかと思ったら、一人ではなかった。足元に子熊化したくまゆるとくまきゅうが寄り添ってくる。

そうだね。わたしにはくまゆるとくまきゅうがいたね。

わたしはくまゆるとくまきゅうを連れて、洗い場に移動する。くまゆるとくまきゅうの体を洗ってあげることにする。相変わらずのモコモコを石鹸で洗うと、面白いほどに泡立つ。その様子を見ていたシュリとサクラが声をあげる。

「ああ、わたしもくまゆるちゃんとくまきゅうちゃんを洗う！」

「くまきゅう様とくまゆる様には何度も背中に乗せていただきました。お礼にわたしにも洗わせてください」

でも、2人はフィナとルイミンに止められる。

「シュリ、先に体を洗ってからだよ」

「サクラちゃんもだよ」

シュリとサクラの2人はフィナとルイミンに連れ戻される。

「うぅ、お姉ちゃん、早く洗って」

「ルイミンさん、ごめんなさい」

2人は体を洗ってもらい、お返しにフィナとルイミンの背中を洗ってあげてから、こっちにやってくる。

そして、2人はわたしの横でくまきゅうを洗い始める。もう、洗ったんだけど、くまきゅうはもう一度洗われることになった。くまきゅうも抵抗はせず、素直に洗われる。

「くまきゅうちゃん、モコモコだ〜」

「くまきゅう様、いつも背中に乗せてくださってありがとうございます」

2人は楽しそうにくまきゅうを洗う。

くまゆるがのんびりとしていると、ルイミンがやってくる。

「それじゃ、わたしはくまゆるちゃんを洗いますね。今日は背中に乗せてくれてありがとうね。楽しかったです。それとエルフの村のときもありがとうね」

ルイミンもお礼を言いながら、くまゆるの体を洗い始める。くまゆるも2度目の体を洗われることになった。

「ユナお姉ちゃん、背中を洗いますね」

わたしが体を洗っているとフィナが背後にやってくる。

それを見たサクラたちが「わたしもユナ様の背中をお洗いします」「わたしも〜」「それじゃ、わたしも洗います」

ボッチだったわたしに人が集まり始める。そんなに集まってもわたしの体は一つしかない。

「わたしのほうはいいから、くまゆるとくまきゅうを洗ってあげて。あと、早く温泉に入らないと風邪を引くよ」

くまゆるとくまきゅうをエサにして、皆を引き離す。

一人だと寂しいと思ったが、人が集まると、それはそれで一人になりたいと思ったりするものだね。

そして、くまきゅうとくまゆるを洗い終えたシュリ、サクラ、ルイミンはくまゆるとくまきゅうを連れて湯船に向かう。ちなみに、カガリさんも少しだけくまゆるを洗っていた。

お礼だったのかな？

「ユナ姉ちゃん、クマさんじゃないよ」

湯船に向かったシュリが声をあげる。

なんのことかと思って、シュリのほうを見ると、シュリはお湯が出ている竹筒の部分を見ている。

ああ、わたしの家のお風呂や孤児院のお風呂のお湯はクマの口から出るようになっていたから、それで、クマじゃないと言っているらしい。

「わたしが作ったわけじゃないからね」

クマを作って、竹筒部分を口に入れればいいだけだ。魔法で簡単につくれるから、今度作ろうかな。今はクマさんパペットがないので魔法が使えない。こういうとき、魔法が使えないのは不便だね。

シュリは温泉が出ている竹筒の近くに入ろうとして、湯に手を入れる。

「熱いよ、これじゃ入れないよ」

「シュリ、一番奥の湯船なら、温度が低いから入れますよ」

サクラは竹筒からお湯が出ている場所から、一番離れた湯船を指す。シュリはサクラに言われた場所に移動して、湯に手を入れる。

「本当だ。熱くない」

どうやら、サクラの言うとおりに温度が低いみたいだ。

シュリは温泉の中に入る。そのあとをサクラ、ルイミン、フィナと続く。

「ふふ、みんなはお子様っすね」

シノブは温度がぬるい場所に入っているシュリたちを見て、笑みを浮かべる。そして、自分が大人ってことを示すかのように竹筒から湯が出ている温度が高い湯船に入る。

「シノブ姉ちゃん、熱くないの？」

「ふふ、このぐらい大丈夫っすよ。鍛えているっすからね」

強がりなのか、本当に大丈夫なのか、シノブは平気そうに熱い湯に浸かっている。

そもそも鍛えるってなんだろう？　筋肉がつけば熱くても耐えられるとか？　それとも普通に熱い温泉に慣れているってことなのかな？

「妾はぬるいほうに行くかのう」

カガリさんはシノブとシュリたちのほうを見比べて、シュリたちが入っている湯船のほうに向かう。

「カガリ様はお子さまっすね」

「妾は熱いのは苦手なんじゃ」

わたし？　もちろん、温度が低いほうに入るよ。熱い風呂が得意ってわけでもないし、個人的には温度が低いお風呂に長く入るタイプだ。

わたしが温度が低いほうに入ると必然的にくまゆるとくまきゅうもついてくる。

シノブ以外全員が、温度が低いほうの温泉に入ることになった。

「うぅ、寂しいっす」

「こっちは、お子さまの風呂じゃ。大人はこっちに来るんじゃないぞ」

「酷いっす」

先ほど、お子さまとバカにされたことを根に持っているみたいだ。

シノブが頬《ほお》を膨らませると、みんなは笑みを浮かべる。

「それにしても綺麗な星空ですね」

露天風呂から見える夜空は満天の星が広がっていた。

天気がよくてよかった。

「うん、とっても綺麗。サクラちゃん、呼んでくれてありがとうね」

ルイミンがお礼を言う。

「喜んでもらえてうれしいです」

都会の夜景も綺麗だけど、都会では満天の星を見ることはできない。でも、ここには地上に一つも光がないため、星空が綺麗に見える。そして、地球と同じように月も見える。その月が湖に映り、それも幻想的で綺麗だ。

みんなもお風呂の縁《ふち》に寄りかかりながら、外を眺めている。

温泉に入りながら、星空を見るなんて贅沢だね。お風呂のときはこっちに来るのもいいかもね。

みんな、足を伸ばし、星空を眺めている。

「あっ、流れ星です」

サクラが声に出す。

全員が夜空を見ていたので、みんな流れ星を見ることができた。

「わたしたちの国では、流れ星を見ると、幸運をもたらしてくれるという言い伝えがあるんです」

「そうなんですか？」

「はい。ですが、わたしの幸運はすでに訪れています。ユナ様にお会いでき、みんなに会えたことです」

サクラは恥ずかしがることもなく言う。

「うん、わたしもユナさんに会えたことかな」

「はい、わたしもユナお姉ちゃんに会えたことです」

「わたしも〜」

サクラが言うとルイミン、フィナ、シュリと続く。

「そうじゃな、嬢ちゃんがいなければ、ムムルートの奴に再び会えることはなかった。会えなければ、どうなっていたか分からなかった。幸運じゃな」

「そうっすね。ユナに会えなかったら、この国はどうなっていたんすかね」

ここでわたしも、「わたしの幸運もみんなに会えたことだよ」って、セリフは言えなかった。だって、恥ずかしいよ。言えるわけがない。

「ふふ、これでは流れ星より、ユナ様にお会いできることが幸運をもたらしてくれるみたいですね」

「幸運のクマさん！」

シュリが叫ぶ。

「確かに幸運のクマさんですね」

みんなが笑いだす。

「ちなみに、狐も幸運じゃぞ」

カガリさんは負けじと言う。

元の世界でも、お稲荷って穀物や農業の神様ってことで、祀られているぐらいだからね。はっきりいって、クマより狐のほうが上だ。そもそもクマを祀っているなんて話聞いたことない。この世界にクマ神なんていているのかな。わたしはなんとなく、気持ちよさそうに湯船に浸かっているくまゆるとくまきゅうを見る。……神様かな。


それからしばらく、温泉に入りながら星空を楽しんだわたしたちは温泉を出る。

わたしは体に大きなタオルを巻きつけると、クマさんパペットからドライヤーを2つ取り出し、一つをフィナに渡す。

そして、わたしは備えつけの椅子を2つ用意し、片方の椅子に座る。そして、くまゆるとくまきゅうに目を向ける。

「今日はどっちが先だっけ？」

わたしはくまゆるとくまきゅうの毛を乾かすとき、交互に乾かしてあげている。

わたしが尋ねると、くまゆるが近寄ってくる。

「今日はくまゆるだね」

わたしはもう一つの椅子の上にくまゆるを乗せて、タオルで拭き、ドライヤーを出して、くまゆるを乾かしていく。

一度、送還してから召喚すれば、一瞬で乾くが、くまゆるとくまきゅうにはお礼の気持ちを込めて、洗い、乾かしてブラッシングをしてあげている。

「それはなんすか？」

「火の魔石と風の魔石を使った髪を乾かす魔道具だよ」

わたしはくまゆるに吹きかけている温風をシノブに向ける。

「温かいっす」

「それで髪を乾かすんだよ」

わたしはドライヤーの風をくまゆるに戻し、毛を乾かす。くまゆるは気持ちよさそうにする。

「便利そうじゃな。妾《わらわ》にも貸してくれ」

わたしはもう一つドライヤーを出す。

「3つしかないから、代わりばんこに使ってね」

シノブが受け取り、サクラとカガリさんの髪を乾かしていく。サクラの髪は黒くて長い。カガリさんは金色の長い髪だ。シノブの髪も束ねてあっただけで、解《ほど》くと長い髪だ。これは乾かすのに時間がかかりそうだね。

フィナとシュリは首にかかるぐらいで、短い。ルイミンの薄緑色の髪は長い。

フィナ、シュリ、ルイミンと交互に乾かしている。

わたしはみんなの様子を見ながら、くまゆるの毛を乾かしてあげる。

「はい、終わったよ。今度はくまきゅうだね」

くまゆるを椅子から降ろし、くまきゅうを椅子に乗せて、くまきゅうの毛を乾かしてあげる。

シュリもサクラもやりたそうにしていたが、2人の髪の毛が乾く前に、終わらせてしまった。

最後に自分の髪の毛を乾かし、着ぐるみを着る。

「ユナ様、その格好は？」

サクラに言われて気づく。

わたしはいつもの癖で白クマに着替えてしまった。

「くまきゅう様と同じ白いクマさんなんですね」

なにか、温かい眼差しで言われた。

526 クマさん、寝る

温泉から出たわたしたちは部屋に戻った。

「それじゃ、布団を敷くっすね」

「布団あるの？」

クマボックスから出そうと思っていたんだけど。

「あるっすよ。元々、国王様のための温泉っす。使用人を含め、多くの人が泊まるっすから、たくさんあるっすよ。もちろん、シーツとか綺麗だから大丈夫っすよ」

そこまで気を使ってもらっていたんだね。

ちなみに国王が使っていた布団はないよね？


わたしたちは全員で自分たちの布団を敷く。

部屋に布団を並べて、みんなで寝るって、なんだか修学旅行みたいだ（行ったことはないけど）。

「カガリ様はどうするっすか？　あっちの部屋で一人で寝るっすか？」

「いや、今日ぐらいは皆とこっちで構わない」

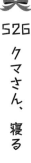

「もしかして、寂しいっすか？」

シノブは笑みを浮かべながら尋ねる。もしかして、お風呂のときの仕返しかな？

「お主じゃないんだから、妾《わらわ》が寂しがるわけがなかろう。久しぶりにサクラに会ったから一緒にいるだけじゃ。お主が、あの部屋で寝たいなら、一人で使っていいぞ」

「遠慮するっす。温泉みたいに一人は寂しいっすから」

やっぱり、寂しかったらしい。

布団を敷き終わると、シュリとルイミンが眠そうにしている。シュリは一番年下だし、ルイミンは森で暮らすエルフだ。寝るのは早いのかもしれない。

電気の代わりに光の魔石はあるが、陽が沈んだあとにお風呂に入り、時間も遅い。この時間なら、寝ている時間だと思う。

「お姉ちゃん、くまきゅうちゃん出して」

シュリは小さなあくびをしながら、フィナにお願いする。

わたしの隣にいるくまきゅうは名前を呼ばれて首を傾《かし》げる。自分はここにいるよって感じにわたしを見ている。

「ちょっと待ってね」

フィナはシュリが言っていることを理解したのか、アイテム袋を手にすると、アイテム袋から、白いものを取り出す。

「くまきゅうちゃん……」

取り出したのはくまきゅうぬいぐるみだった。

シュリはくまきゅうぬいぐるみを抱きしめると、そのまま布団の上に倒れる。そして、そのまま寝息をたてている。早い。一瞬で寝てしまった。もう耐えきれなかったみたいだ。

フィナはシュリが風邪を引かないように掛布団をかける。

「ぬいぐるみ、持ってきていたの？」

「はい。一応、お泊まりのことも考えて。これが傍にあるとシュリは安心して眠れるみたいです」

フィナはそう言いながら、アイテム袋からくまゆるぬいぐるみを取り出して、自分の枕元に置く。ちゃんと自分のくまゆるぬいぐるみも持ってきていたらしい。

2人とも大切に使ってくれているみたいだ。

「ユナ様、そのシュリとフィナが持っている、くまきゅう様とくまゆる様は？」

サクラは、フィナとシュリが抱いているくまゆるとくまきゅうのぬいぐるみを見ながら尋ねる。

「くまゆるちゃんとくまきゅうちゃんにそっくりです」

眠そうにしていたルイミンも目を見開き、尋ねてくる。

「クマのぬいぐるみ？　それともクマの人形って言ったほうがいいのかな？　くまゆるとくま

きゅうをもとにぬいぐるみを作ったんだよ」

和の国ではなんていうのか分からなかったので、そんなふうに説明をする。

ぬいぐるみって意味が通じないかもしれない。でも、自動翻訳で通じているのかな？

「ぬいぐるみですか。可愛《かわい》いです」

サクラはシュリが抱いているくまきゅうぬいぐるみを見ている。この目は何度も見たことがある。

「欲しいの？」

「えっと、その、はい」

サクラは恥ずかしそうに俯《うつむ》きながら答える。

わたしは微笑みながら、クマボックスからくまゆるとくまきゅうぬいぐるみを取り出し、サクラに差し出す。

「くれるのですか？」

「うん。でも、くまゆるとくまきゅうは一緒だよ。ぬいぐるみでも、くまゆるとくまきゅうが離れ離れになったら可哀想だからね」

サクラはくまきゅうが好きだ。選ばせたらくまきゅうを選ぶと思う。でも、ぬいぐるみは2つ一緒のほうがいい。

サクラはくまゆるとくまきゅうぬいぐるみに手を伸ばし、抱きしめる。

「柔らかいです。可愛いです」

「大切にしてね」

「はい。一生、大切にします」

嬉しそうに再度、抱きしめる。プレゼントして喜んでもらえると、やっぱり嬉しい。

「くまきゅう様とくまゆる様にそっくりです。ユナ様がお作りになられたんですか？」

「これは知り合いに作ってもらったんだよ」

裁縫が得意な孤児院の女の子、シェリーが作った。

サクラは膝の上に乗せて、くまゆるとくまきゅうのぬいぐるみの頭を撫でている。そんなサクラを羨《うらや》ましそうに見ている人物がいる。

「ユナさん。みんなだけズルイです。わたしもくまゆるちゃんとくまきゅうちゃんのぬいぐるみが欲しいです」

「ルイミンも？　ぬいぐるみだよ」

「ぬいぐるみはわたしがもらっちゃダメなんですか？」

「そんなわけじゃないけど」

「なら、わたしも欲しいです」

あのエルフ村にクマのぬいぐるみが存在すると、祀られたりしないよね。

祭壇に飾られるクマのぬいぐるみの図を想像するとシュールだ。

まあ、そんなことにはならないと思うので、わたしはクマボックスから新たにもう1セットのくまゆるとくまきゅうのぬいぐるみを取り出して、ルイミンに渡す。

「わぁ、ありがとうございます。わたしも大切にしますね」

ルイミンも嬉しそうにぬいぐるみを抱きしめる。

「2人ともいいっすね。わたしも、欲しいっす」

「シノブにはあげないよ」

「どうしてっすか⁉」

「なにか、ナイフやクナイの的にされそうだから」

シノブに渡すと的にされて、ぬいぐるみが穴だらけになりそうだ。

「そんなことはしないっすよ。ユナはどんなふうにわたしを見ているっすか⁉」

「……なにか、胡散臭い？」

「ひ、酷いっす！」

ショックを受けているようだけど、その仕草も胡散臭く見えるのは気のせいだろうか。

「誰もかも、くま、クマ、熊と、騒ぎおって」

わたしたちがくまゆるとくまきゅうのぬいぐるみで盛り上がっていると、カガリさんが頰《ほお》を膨らませている。

「狐《きつね》のほうがクマより可愛《かわい》いぞ。それに耳も尻尾《しっぽ》もクマより、長くてふわふわで最高じゃ」

カガリさんは今まで隠していた狐の耳と尻尾を出す。

「「くぅ～ん」」

くまゆるとくまきゅうは対抗するように、カガリさんに向けてお尻を向ける。

「ふふ、そんな小さな尻尾には負けぬぞ」

また、カガリさんとくまゆるとくまきゅうが張り合いだす。両方とも可愛いでいいと思うんだけど。

「カガリ様、狐も可愛いですよ。今度、可愛らしい狐のぬいぐるみを作りましょう」

「わたしもいいと思います」

「腕のいい職人を探さないといけないっすね」

シェリーなら作れるかな？

でも、見本がないと難しいかな？

「わ、妾は別に作ってほしいなんて言っておらんからな」

カガリさんの言葉とは裏腹にパタパタと尻尾が揺れている。

どうやら、嬉しいらしい。ツンデレの狐だった。

「それにしても、お主はそんなものを作って、自分が可愛いアピールをしておるのか？」

「してないよ！」

この幼女は、なにを言い出すかな。

「だって、その格好といい。あの家といい。くまゆるとくまきゅうを傍に置いて、こんなぬいぐるみまで作って、自己主張しているのではないか」

他人から見たら、確かにそう見えるかもしれない。でも、実際は違う。

「わたしはクマの加護を受けているだけだよ。だから、この格好をしているだけ。カガリさんも狐の加護みたいなものを受けているんでしょう？」

「そうじゃが、もしかして、お主はクマに変化《へんげ》できるのか？」

「できないよ」

わたしがそう言うとカガリさんは残念そうにする。

なんで？

もしかして、同類と思われたのかな？

そもそも、カガリさんってなんなんだろう？

本当に妖狐《ようこ》なのかな？

それからぬいぐるみを抱いているメンバーは眠そうにし始《はじ》めたので部屋の明かりを消し、寝ることにする。明かりを消すと、遊び疲れていたのか、温泉が気持ちよかったのか、みんなは話をすることもなく、すぐに寝てしまった。そんな静かな部屋の中、たまにシュリの可愛らしい寝言が聞こえてくるぐらいだ。わたしもくまゆるとくまきゅうと一緒に眠りに落ちていく。

527 クマさん、街に向かう

わたしは話し声で目が覚める。目を開けて起き上がると、サクラとルイミンが話をしている姿があった。

「ユナ様、おはようございます」

「ユナさん、おはようございます」

「おはよう。2人とも早いね」

わたしは目を擦《こす》りながら挨拶《あいさつ》する。

「いつも、朝は早いので」

「わたしも、この時間には起きていますから」

サクラは規則正しそうだし、森の中で暮らすエルフのルイミンも朝は早そうだ。

布団のほうに目を向けるとシュリはくまきゅうぬいぐるみを抱いたまま、カガリさんは枕を抱いて寝ている。

「あれ？　フィナは？」

それから、くまゆるの姿もない。くまきゅうはサクラの腕の中にいる。

「フィナなら、外に散歩に行きました」

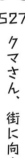

「もしかして、一人で？」

「くまゆる様とシノブが一緒ですので大丈夫ですよ」

確かに、シノブもいない。

「サクラとルイミンは行かなかったの？」

「そのときは、わたしは、まだ寝ていました」

ルイミンよりも早起きって、フィナは　どれだけ早起きなのよ。

「わたしは起きていたのですが、みなさんが起きたときに、わたしとフィナがいなかったら、心配すると思いましたので、わたしは残りました」

確かに起きたとき、フィナたちがいなかったら心配したかもしれない。シノブが拐《さら》ったとか、勘違いしたかもしれない。

「でも、フィナ一人だけ行かせるのは少し心配だったんですが、起きていたシノブが一緒に行くことを申し出てくれました」

シノブも早起きだね。というか、物音一つで目を覚ましそうだ。

「それと、くまきゅう様とくまゆる様も起きだして、お話をしたと思ったら、くまゆる様がフィナのあとをついていきました」

もしかして、いつもフィナのことをお願いしているから、フィナの護衛についていってくれたのかな？　しかもくまゆるとくまきゅうが話し合うって、そんなレアな状況見てみたかった。

まあ、くまゆるが一緒なら大丈夫かな。

「ユナ様はフィナのことが気になるんですね」

「まあ、預かっている娘さんだからね」

「ユナ様に心配されるフィナが羨《うらや》ましいです」

「サクラのことも気にかけているよ」

わたしの言葉にサクラは驚いた表情をする。

「……みんながユナ様を好きになるのも分かります」

「ユナさんって、カッコいいよね」

ルイミンまでが褒め始める。

「はい」

「こんな格好だよ？　クマだよ」

わたしは自分が着ている白クマの服をつまんでみせる。こんなクマの姿をカッコいいと思うサクラとルイミンは目が悪いみたいだ。治療魔法で治るかな？

「ふふ、行動、言動。ユナ様の心がカッコいいってことです。ユナ様が男性だったら、結婚してもよかったです」

「わたしは女の子だからね」

「はい、残念です」

どこまで本気か分からないけど、サクラは微笑む。

それから、黒クマに着替えたわたしはシュリとカガリさんを起こす。

シュリが寝ぼけてわたしのことを「お姉ちゃん、もう少し」とか、カガリさんが「もう、3年」とか言ったりしたが、2人は起きる。

布団を片付け終わったころ、シノブとくまゆるを抱いたフィナが戻ってきた。

「お帰り。散歩はどうだった？」

「森の中は気持ちよかったです。あと、湖も綺麗でした」

どうやら、湖まで散歩してきたらしい。

「お姉ちゃん、ずるい。わたしも行きたかった」

散歩の話をするフィナに、置いてきぼりにされたシュリは頬《ほお》を膨らませている。

わたしも同じ気持ちだ。散歩に行くならわたしも起こしてくれればよかったのに。

「ごめん。窓から外を見たら気持ちよさそうだったから、外に行きたくなって。それで、シノブさんが一緒に来てくれるというから」

「フィナは大事な客人っすからね。それにくまゆるも護衛についてきてくれたっす」

「くぅ〜ん」

「シノブ、ありがとうね。それからくまゆるも」

わたしはフィナが抱いているくまゆるの頭を撫でる。

「それで朝食はどうする？　パンでよければ用意するけど」

「それでもいいっすが、どうせなら、街に行って食べるのはどうっすか？　今度はわたしがごちそうするっす」

「羽振りがいいね」

「今回の件でたくさんの報奨金をもらったっすからね」

「シノブはもらったんだね」

「普通はもらうものっすよ。断るユナとカガリ様がおかしいっす」

まあ、わたしはお金でなく、お屋敷をもらったから、金額的にわたしのほうが高いと思う。お金はあっても困らないから、シノブの考えを否定するつもりはない。

それにシノブは命をかけて戦った。報奨金をもらう権利は十分にある。

そして、わたしたちは話し合った結果、朝食は街へ食べに行くことにしたが、カガリさんはお屋敷に残るそうだ。

「今日はスズランの奴も来ることになっておる。誰もいないと可哀想じゃろう。それに妾《わらわ》はもう少し寝る。お主たちだけで行くといい」

と言うカガリさんを残して、わたしたちは街に向かうことになった。

「あっ、そうだ。街に行くならルイミンにこれを渡しておくね」

わたしは国王から預かっていたギルドカードみたいなカードを取り出す。

「ギルドカードですか？」

「似たようなものだって、国王が通行書の代わりになるって言ってたよ。これがあれば街の中にも入れるし、サクラにも会えるみたいだよ」

「それをわたしの家の門番に見せれば、通してくれるはずです。ムムルート様とのお約束です。ルイミンさん、いつでも会いに来てください」

「うん！　会いに行くよ」

カードに魔力を流してもらい、カードはルイミンのものとなる。

その様子を見ていたシュリがわたしの服を摑《つか》む。

「ユナ姉ちゃん、わたしのは？　そのカードがないと街に入れないの？」

シュリが不安そうに尋ねてくる。

「シュリとフィナのはないけど、わたしと一緒なら大丈夫だよ」

「本当？　よかった」

「だから、わたしから離れちゃダメだよ」

「うん！」

わたしとルイミンはくまゆるに、シュリとフィナとサクラはくまきゅうに乗る。

「くまきゅう、３人乗せても大丈夫？」

「くぅ～ん」

大丈夫だよ。って感じに返事をする。

普通の大人でも２人乗ることができるから、子供なら３人は乗ることはできる。

「よろしいのですか？」

「くぅ～ん」

わたしでなく、くまきゅうが返事をする。

サクラが一番前に乗り、その後ろにシュリ、一番後ろにフィナが乗る。くまきゅうは３人が乗っても平気そうに立ち上がる。

「それじゃ、出発するっすよ」

ハヤテマルに乗るシノブを先頭に、城がある街に向かって出発する。


「ええ、それじゃ、サクラちゃんと一緒に食事ができないんですか」

「ごめんなさい。一度家に戻らないといけないので。でも、午後は時間がありますので、一緒にいられます」

街に向かう途中で、サクラが一緒に朝食ができないことをみんなに伝えた。

「それなら、家でみんなで朝食を食べればよかったんじゃないですか？」

「みんなが盛り上がっていたのに水を差すことはしたくなかったので、申し訳ありません」

サクラから朝食が一緒にできない話を聞いたのは、出発して移動している途中だった。

なんでも、用事があるそうだ。気を使ってくれたのだろうけど、少し残念でもある。シノブも知らされていなかったようだ。知っていたら、街で朝食とは言い出さなかったはずだ。

でも、午後から一緒にいられるというので、午後は一緒にいることにした。

しばらくすると、街の入り口が見えてくる。

「シノブ、あのカードがあればくまゆるとくまきゅうに乗ったまま行っても大丈夫なの？」

「う〜ん、カードを見せれば、黙って通してくれると思うっすが、流石《さすが》に驚かれるっすね」

カードを見せるまでが面倒になりそうだ。

「ここからは歩いたほうがいいかな？」

「余計な騒ぎを起こさないようにするなら、そうしたほうがいいっすね」

わたしは門の手前でいつもどおりにくまゆるとくまきゅうを送還して、歩いていくことにする。

そして、門に近づくわたしたち。女の子だけで6人。しかも、一人はクマの格好をしている。門番の目が近づくわたしに向けられている。怪しんでいるというよりも、「あの格好はなんだ？」という不思議なものを見るような目だ。

「カードを見せれば大丈夫なんですよね」

ルイミンが不安そうにしている。

「大丈夫っすよ。そのカードを持っているってことは国の重要な関係者ってことっす。そんな人物の不興を買いたいと思う人はいないっすから、なにも言わずに通してくれるっす」

「逆に言えば、それ目当てで変な人が近寄ってきそうだね」

「まあ、ないとは言えないっすが、あまり見せびらかさなければ大丈夫っすよ」

わたしは国王にもらったカードをクマさんパペットに咥《くわ》えさせる。門の近くにやってくると、門番の人がわたしたちを見ている。わたしは無言でカードを見せる。すると門番は一瞬驚いた表情をして、わたしとカードを見比べている。でも、シノブの言うとおり、なにも言わない。

ルイミンもカードを出すが、わたしと同じくなにも言われない。

さらにサクラ、シノブと立て続けに特別カードを見た門番の人は驚いた表情をしながらも、門を通りすぎるとき、フィナとシュリが「わたしたちもいいの？」と心配そうにしていたが、「どうぞ、お通りください」と言う。

門番は何も言わなかった。

本当に印籠《いんろう》みたいな効果があるみたいだ。

それだけ、このカードは特別ってことみたいだ。


「うわぁ～」

街の中に入るとシュリとフィナ、ルイミンはキョロキョロとあたりを見る。なにもかもが、新鮮に見えるのかもしれない。建物も服装もクリモニアとは違う。

キョロキョロとあたりを見るシュリの目が止まる。

「ユナ姉ちゃん、あの大きいのなに？」

シュリが指さす先にはお城があった。

「お城だよ」

「え〜、違うよ。お城じゃないよ」

シュリが知っているお城はフローラ様が住んでいるようなお城だ。だから、必然的に目の前にある日本の城っぽいものは、シュリの目にはお城には見えないらしい。シュリの目には不思議な建物に映っているのかもしれない。

「あれもお城だよ。お城は国によって違うんだよ」

「そうなの？」

「ほら、周りの家も着ている服もクリモニアと違うでしょう？」

わたしは目の前の風景に視線を向ける。全てにおいてクリモニアとは違う。

「うん、違う」

「文化って分かるかな？　その地域に暮らす人たちの歩んできた道。う〜ん、なんて言えば分かるかな」

どう説明したらいいか困っているとフィナが口を開く。

「えっと、シュリ。ユナお姉ちゃん、ルイミンさん、サクラちゃん。みんな服装が違うでしょう？　それぞれ、住んでいる場所が違うと違うんだよ。３人の服装はクリモニアでは見かけないよね？」

ルイミンのような服装は見かけることはあっても、わたしとサクラの服装を見かけることはない。

「国や街によって違うんだよ」

それぞれの国には歩んできた歴史があり、いろいろと違いが出るものだ。

シュリも分かったようで、頷いている。

でも、一つ訂正したい。わたしの故郷でも着ぐるみを着て、出歩いている人なんていないから。いてもパジャマぐらいだから。もしくはなにかのイベントで着ている人ぐらいだ。決して一般的に着ぐるみを着て、生活をしている人はいないからね。

だけど、それを今否定すると、説明がややこしくなるので、グッと言葉を飲み込む。

「わたしもシュリちゃんの気持ちは分かります。エルフの村とも違うから、わたしも街やお城を初めて見たときは驚きました。でも、国が違うと、こんなにも違うものなんですね」

「やっぱり、違うのですね。わたしも他の国には行ったことがないので、これが普通だと思っていました」

人は自分が見たものしか知識を得るのは難しい。

わたしは本やテレビ、ネットで、その場所に行かなくても知識として得ることはできてきた。

でも、この世界の人たちは、それが難しい。

だから、自分たちの身の回りにないものを見ると、不思議に思ってもしかたないのだ。

528 クマさん、朝食を食べる

わたしたちはサクラを送り届けるため、サクラが住むお屋敷までやってくる。

「サクラ様！」

門の前に立っていた門番がわたしたちに気づくと声をあげる。

「お疲れさまです」

サクラは優しく声をかける。

「外泊するとお聞きしてましたが」

「心配かけて申し訳ありません」

「いえ、シノブ殿と一緒にいると聞いていましたので」

門番は後ろにいるわたしたちに目を向ける。

「こないだのクマ？」

どうやら、わたしのことを知っているみたいだ。

顔は覚えていないけど、初めてシノブに連れてこられたときにいた門番の人みたいだ。

「みなさん、サクラ様のお客人ですか？」

「そうっす。みんなサクラ様の友達っす」

「あとで、みなさんが戻ってきましたら、中に通してあげてください。それではみなさん、楽しんできてくださいい。シノブ、みんなのことをよろしくお願いしますね」

「了解っす。ちゃんと、案内するっす」

家の中に入っていくサクラと別れたわたしたちは朝食に向かう。

ちなみに街に入ってから、住民の視線は受けまくっているよ。現在進行形で。

「サクラ姉ちゃんの家、大きかった」

「あれは、サクラだけの家じゃないよ。巫女《みこ》が集まっている家だよ」

「巫女？」

巫女って言葉にシュリは首を傾《かし》げる。巫女が理解できないみたいだ。ここでも文化の違いが出てくる。

それぞれの国の文化の説明をするのは難しい。わたしだって、他の国なら常識なことでも知らないことはある。説明するのも、理解するのも難しいものだ。

「う〜ん、サクラの仕事場っていうのかな？　サクラ以外にも同じような仕事をしてる人が住んでいるんだよ」

だから、仕事場でもあり、サクラ以外の人も住んでいることを簡単に説明する。

「それで、巫女ってなんなんですか？」

今度はルイミンが尋ねてくる。

「わたしに聞くより、シノブに聞いたほうがいいよ」

元の世界の常識と、和の国の常識が同じとは限らない。

「う〜ん、説明が難しいっすね。神様？　に仕える者って言うんすかね。そのサクラ様はそれに関係する仕事をしているっす。祭事は多いっすね」

「祭事ですか？」

ルイミンは首を傾げる。

「おもに収穫祭っすね。実りにありがとうございますってお礼を言うっす。それから、過去の伝承を言い伝える仕事もあるっすね」

「大変なんですね」

本当に大変だと思う。

「昔はカガリ様もいたらしいっす」

「そうなの？」

だから、カガリさんとサクラは親しかったのかな？

なんとなく理解したのか、シノブの説明でシュリもルイミンも頷《うなず》いている。

「それで、どこで食べるの？」

そろそろお腹が空いてきた。なにかを食べたいところだ。

「そうっすね。わたしの行きつけのお店で軽く食べて、あとは街の中を歩きながら、適当に食べ歩きでもしようかと思っているっす」

「初めに言っておくけど、変なものは食べないよ」

「変なものって失礼っす。サクラ様も食べるから、変なものじゃないっすよ」

「サクラが食べるからといって、虫は却下だよ」

イナゴとか食べたりするけど、わたしは遠慮したい。食べたことはないけど、虫ってことで拒否反応が起こる。美味《おい》しい、不味《まず》いの問題でなく、虫ってところが問題だ。

食わず嫌いと言われても、拒否する。

「虫がいいんすか？」

「人の話を聞いている？　もし、そんな店に連れていったら、暴れるよ。店、破壊するよ。シノブ死ぬよ」

「殺さないでほしいっす。虫は出ないから大丈夫っすよ」

先ほどのシノブの表情を見ていると、怪しいから気を抜けない。

「みんなも嫌いなものはないっすよね」

「虫は食べたくない」

「はい、わたしも」

「わたしもです」

わたしだけでなく、シュリ、フィナ、ルイミンも反対する。仲間がいてよかった。

みんなの意見も一致したのだから、シノブも変な店には連れていかないはずだ。

わたしたちがやってきたのは定食屋みたいな庶民的なお店だ。シノブを先頭にお店の中に入る。中は思ったよりも広い。テーブルが10卓ほどあり、カウンター席もある。

だけど、お客さんが誰もいない。穴場なのか、人気がないのか、判断はできない。

「タイミングがよかったっすね。空いているっす」

「あら、シノブちゃん。いらっしゃい」

わたしが心配をしていると、カウンターの奥から前掛けと頭に三角頭巾をつけている中年女性が出てくる。シノブの名前を呼んだってことは、本当に行きつけのお店だったみたいだ。

「ちなみに、お客さんがいないのは、みんな仕事に行ったからよ」

「聞こえていたっすか？」

「そりゃ、お客さんが来れば耳を傾けるわよ。それで、今日は可愛《かわい》い子たちを連れてきているわね。シノブちゃんの彼女なのかしら？　シノブちゃんは女の子にモテるからね」

「そんなんじゃないっすよ。友達っす。みんなで朝食を食べに来ただけっすよ」

「そうなのかい？　それにしても見かけない服を着ている子たちだね」

女性がわたしたちを見て、視線がわたしで止まる。

「しかも、クマかい？　そんな格好をしている子は初めて見たよ」

見たことがあったら、それはそれで困る。

「その格好については、追及しないであげてほしいっす」

「訳アリかい？」

「訳アリっす」

「なら、聞かないでおくかね。それじゃ、適当に座っておくれ」

わたしたちは奥のテーブルの席に着く。

「シノブ姉ちゃんは女の子にモテるの？」

椅子に座ったシュリが無垢《むく》な表情で尋ねる。

「別にモテたりはしてないっすよ。おばちゃんは冗談を言うのが好きなだけっすよ」

「そんなことはないわよ」

話を聞いていた女性がシノブの言葉を否定する。

「シノブちゃんはそこらにいる冒険者よりも強くて、頼りになるから、女の子に好かれているのよ。男に絡まれている女の子がいれば助けるから、シノブちゃんを慕っている女の子は多いわ。シノブちゃんが男の子だったらと女の子の間じゃ言っているほどよ」

どこかで、聞いたことがあるセリフだ。

「おばちゃん、みんなに変なことを言うのはやめてほしいっす。それよりも、食事に来たっすよ。変なことを話すなら、他の場所に行くっすよ」

シノブが無理やりに話を打ち切る。

からかうネタをゲットできると思ったのに残念だ。

「それじゃ、帰られる前に注文を聞こうかね。なににするんだい」

わたしが「なにがあるんですか？」って聞こうとするよりも先にシノブが答える。

「全員、いつもの朝食セットを、お願いするっす」

「了解。それじゃ、少し待っておくれ」

おばちゃんはシノブの注文を聞いて、カウンターの奥に向かう。

朝食セットというなら、変なものは出てこないはずだ。

「シノブはいつもここに来ているの？」

「安い、早い、美味しいから、来ているっすよ」

シノブの言葉どおりに調理場では調理が始まった。中年男性がいる。さっきの女性の旦那さんかな？

そして、それほど待つこともなく、料理がテーブルの上に並べられる。確かに、早い。

ごはんに味噌汁、のり、納豆、焼き魚。

魚は鮭、味噌汁の具材もシンプルでワカメと豆腐が入っている。確かに和の国らしい普通の朝食だ。

「それじゃ、いただくっす」

「「「「いただきます」」」」

わたしは納豆に醤油をかけて、掻《か》き回す。

いい感じに粘りが出てくる。納豆を食べるのも久しぶりだ。うん、美味しそうだ。でも、周りの反応は違った。

「うぅ、ネバネバして、気持ち悪いよ」

わたしの真似をして、掻き回していたシュリは手を止める。

「それに臭いです」

ルイミンが納豆に顔を近づけて変な顔をする。２人は納豆の入った器を遠ざける。フィナは器を持って、困っている。

そうだよね。

納豆を知らない人にとっては納豆はゲテモノに分類されるらしい。

「えっと、シノブさん。この豆、腐ってませんか？　ネバネバして、臭いんですが」

ルイミンが納豆を見ながら、少し言い難そうに尋ねる。

「うん、腐っているっすよ」

「腐っているんですか⁉」

シノブの言葉に３人は驚き、納豆から目をそむける。

「でも食べられるから、大丈夫っすよ」

シノブはそう言うが、3人は不安そうにしている。確かに、腐っていると言われたら、不安になる。

「3人とも大丈夫だよ。正確には腐っているわけじゃないから。発酵させているだけだから、食べられるよ」

わたしは証明するために、納豆をご飯にのせて食べる。

久しぶりの納豆だ。美味しい。

「ユナさん……」

「ユナお姉ちゃん……」

「ユナ姉ちゃん、大丈夫?」

3人は心配そうにわたしのことを見ている。

「そういえば、他の国では納豆は食べないって、聞いたことあるっす。しかも、苦手な人が多いって」

「食べないっていうか、ないからね。だから、初めて見る人は驚くかもね」

和の国以外では見たことがない。

「すまないっす。すっかり、忘れていたっす。わたしが食べるから、くださいっす」

シノブは申し訳なさそうにする。

まあ、自分の国で普通に食べているものを知らない国の人が嫌っているとは普通は思わないかもしれない。

「それなら、わたしももらうよ。一人じゃ多いでしょう」

「それは助かるっすが、ユナは平気なんすか？」

「大丈夫だよ。わたしの故郷にもあったからね。食べるのは久しぶりだから、嬉しいぐらいだよ」

「そう言ってもらえると嬉しいっす」

シノブは、嬉しそうにする。せめて、わたしだけでも食べてあげないと可哀想だ。

わたしはシュリから納豆が入った器を受け取る。

「ユナ姉ちゃん、本当に美味しいの？」

「う～ん、どうだろうね。嫌いな人は嫌いだからね。だから、無理に食べる必要はないよ」

わたしの国でも関西の人は苦手って聞いたことがある。誰だって、食文化が違っていれば、口にするのは怖いものだ。わたしだって、美味しくても虫は遠慮したい。

育った環境が違うんだから、しかたないことだ。

「それじゃ、ルイミンの分はわたしがもらうっすね」

「シノブさん、すみません」

ルイミンは納豆が入った器をシノブに差し出す。

「フィナはどうする？」

「……食べてみます」

「無理はしないでいいっすよ」

「いえ、食べ物を粗末にしたら、ダメだから」

「わたしが食べるから、粗末にはならないよ」

「でも……」

フィナは納豆を見ている。少し嫌な顔をしている。やっぱり臭《にお》いがダメなのかな？

「それじゃ、一口だけ食べてみて、ダメだったら、私がもらうよ」

わたしの言葉にフィナは一口サイズの納豆をごはんの上にのせ、息を止めて口に入れる。そして、口をモゴモゴと動かす。最後にゴクンと飲み込む。

「どう？」

「お姉ちゃん？」

「フィナちゃん？」

わたし、シュリ、ルイミンが心配そうに見守る。

「豆が柔らかくて、醤油と混ざって、不思議な味でした」

「味は？」

「まずくはなかったです」

その言葉にシノブはホッとする。もちろん、わたしもだ。

「それじゃ、残りはわたしがもらうよ」

「いえ、食べます」

「無理をしなくても」

「無理じゃないです」

そういうとフィナは残りの納豆をご飯の上にのせて食べ始める。それを見たシュリが。

「わたしも食べてみる」

わたしのところに置いてある納豆が入った器を自分のところに戻す。そして、納豆を掻き回して、ご飯の上にかける。フィナと同じように目を瞑《つぶ》って口の中に入れて食べる。

「ねばねばする。あと、くさい」

まあ、それはしかたない。わたしは食べたことはないけど、くさやも臭いけど美味しいらしい。それと同じだ。もしかして、和の国にもくさやがあったりするのかな？

まあ、自分から食べようとは思わないけど。

結局、納豆は全員が、それぞれ自分の分を食べることになり、無事に完食することができた。

「お魚も美味しかったです」

「そう言ってもらえて、よかったっす」

どこかに納豆って売っているのかな？

今度、自分用に買っておこうかな。納豆はたまに食べたくなるんだよね。

529 クマさん、フィナたちと街を散策する

朝食を終えたわたしたちは街の散策に向かう。

「シノブは女の子にモテるんだね」

「その話は、もういいっすよ。そういうユナは男はいないっすか？」

「いると思う？」

わたしは自分の姿をシノブに見せつける。

シノブはわたしの格好を見ると、すぐに納得する。

「ごめんなさいっす。でも、ユナは普通の格好をすればモテると思うっすよ。みんなもそう思うっすよね」

「はい、ユナお姉ちゃんは綺麗だから、男の人にモテると思います」

「うん、ユナ姉ちゃん、可愛《かわい》いよ」

「お姉ちゃんより、綺麗だから、近寄ってくる男の人はいると思うよ」

お世辞と分かっていたけど、最後のルイミンの言葉でお世辞が決定した。あの顔が整って、スタイルがいいサーニャさんより、綺麗なわけがない。

それでなくてもエルフって種族は美男美女なんだから。

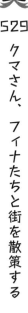

「3人ともお世辞でも嬉しいよ。3人はわたしより可愛いから美人になるよ」

わたしより、確実にモテるだろうね。

わたしは話を打ち切り、街の中を散策する。

シュリが珍しいものを見つけるたびに、走りだそうとするのでフィナが呼び止める光景が続く。今ではフィナがシュリの手を握って、勝手に走りださないようにしている。手を繫《つな》いでる姿を見ると微笑《ほほえ》ましい。

「ユナ姉ちゃん、あれは？」

シュリが見る先には団子の絵が描かれたのぼりがある。

「お団子屋さんだね」

シュリが食べたそうにしていたので、お団子を食べることにする。朝食を食べたばかりだけど、一人1本なら、大丈夫。代金を払おうとしたらシノブが払ってくれる。今回はお言葉に甘えることにする。

「柔らかいよ」

「色が綺麗だね」

ピンク、白、緑の三色だんご。

「みんな味が違う」

うろ覚えだけど、ピンクは梅、白はすあま、緑はよもぎだっけ？

間違っていたり、こっちの世界で違ったら恥ずかしいので、そのあたりの説明はスルーする。美味しければ、問題はない。

お団子屋を後にしたわたしたちは、シュリが暑いと言うのでかき氷を食べることにする。

「冷たくて、美味しい」

「氷を削って食べるんですね」

もしかして、ルイミンはかき氷は初めてなのかな？

かき氷はクリモニアでも売っている。ハチミツをかけたりすると聞いた。

こっちでは抹茶、甘い蜜（シロップなのかな？）。

「3人とも美味しい？」

「うん」

「はい」

「でも、シノブさん。本当にいいのですか？」

今回のかき氷の代金もシノブ持ちだ。

シノブは宣言どおりに、全ての代金を払ってくれている。

「気にしないでいいっすよ。ルイミンには助けてもらったっすから、お礼だと思ってくださいっす」

「わたし、なにもしていない……」

シノブの返答にかき氷を食べていたシュリの手が止まる。シノブは悲しげな表情をするシュリに慌てる。

「シュ、シュリはフィナの妹っす。それにユナの大切な友人っす。だから、気にしないで食べてくださいっす」

「そうだよ。シュリは気にしないで、たくさん食べていいんだよ。シノブは優しいから、なんでも買ってくれるよ」

わたしはシノブをチラッと見る。

「そ、そうっす。好きなだけ食べてくださいっす」

「いいの？」

「いいよ。もし、シノブが払わなくても、わたしが払うよ。シュリにはいつもお世話になっているからね」

わたしはクマさんパペットでシュリの頭を撫でる。

「うん、ユナ姉ちゃん、ありがとう」

シュリはかき氷を食べ始める。

「ユナ、いいとこだけ持っていくなんて、ズルいっす」

それはシノブがフィナとルイミンだけ感謝の言葉を送って、シュリを除け者にした罰だ。もう少し、言葉を選んで喋《しゃべ》らないとダメだよ。

かき氷を食べ終えたあとも、他の店を回ったりする。

「綺麗な服でした」

フィナは和服を見た感想を漏らす。

着物姿のフィナたちの姿も見てみたいね。買ってあげると言ったけど、あまりにも値段が高かったのを見て、フィナは首を横に振った。だから、シュリに買ってあげることも、ルイミンに買ってあげることもできなかった。

エレローラさんじゃないけど、フィナを着せ替え人形みたいにしたくなる。

街の風景を眺めながら歩いていると、どこからともなく、チリ～ン、チリ～ンと音が聞こえてくる。フィナも聞こえたようで、口にする。

「綺麗な音が聞こえてきます」

「どこ？」

「あっちのほうから聞こえてきます」

ルイミンが指さす先には風鈴が吊るされている屋台がある。

わたしの視線の先には屋台があり、風鈴がたくさん吊るされている。風が吹くたびに風鈴の音がわたしたちのところまで運ばれてくる。

「「風鈴だね（っす）」」

わたしとシノブの言葉が重なる。

「風鈴？」

わたしとシノブの言葉にルイミンが首を傾げる。

「ガラスで作ったもので、風で音色を奏でてくれるものだよ」

「ユナは、どうしてそんなに詳しいっすか？　納豆も知っていたし、平気で食べるし、もしかして、この国の出身だったりします？」

「違うよ。この国に似た国だよ。遠くにこの国と似たような国があるんだよ」

「この和の国に似た国っすか？　そんな国があるっすか？」

「うん、まあ」

わたしは曖昧《あいまい》に頷く。

流石《さすが》に、ここは別の世界とは言えない。

なので、誤魔化すように「見に行こう」と言って、フィナたちを連れて風鈴が並ぶ屋台に向かう。

「可愛いお嬢ちゃんたち。どうだい、綺麗な音色だろう」

風鈴を売っているおじさんが声をかけてくる。

おじさんの言うとおりに風鈴からは綺麗な音色が聞こえてくる。

「お姉ちゃん」

シュリが欲しそうにしている。だけど、フィナは困っている。このあたりはわたしと違ってしっかりしている。

「その可愛い格好のクマの嬢ちゃん、妹さんにどうだい？」

わたしの格好を気にせずに売り込んでくる。流石、商売人だ。

わたしは風鈴を見る。ガラスでできており、いろいろな絵柄が描かれている。どれも綺麗だ。

フィナ、シュリ、ルイミンの３人は目を輝かせながら、風鈴を見ている。

「シュリ、どれが欲しい？」

「いいの⁉」

シュリは嬉しそうにする。この笑顔には勝てない。そんなシュリの隣にいるフィナがわたしのことを見ている。

「ユナお姉ちゃん。あまり、シュリを甘やかすのは……」

甘いのは分かっているけど、フィナもシュリもいい子だから、買ってあげたくなる。

「別にシュリのためじゃないよ。ティルミナさんへのお土産だよ。いつもティルミナさんにはお世話になっているから、わたしからのお礼だよ」

こう言えばフィナも抵抗はないはずだ。

「だから、２人で選んで」

フィナは少し考えてから「分かりました」と言うと、嬉しそうにシュリと一緒に風鈴を選び始める。

「ルイミンもムムルートさんの家と自分の家に飾る風鈴を選んでいいよ」

「わたしも、いいんですか？」

「ムムルートさんとルイミンにはお世話になったからね」

なんだかんだ言って巻き込んだ理由を作ったのはわたしだ。ムムルートさんには感謝されたけど、ルイミンを危険な目に遭わせた事実は変わらない。まあ、そんなことを言ってもムムルートさんはお礼は受け取らないと思う。でも、風鈴ぐらいはお土産として渡しても、問題はないと思う。

「それなら、わたしが払うっすよ。フィナには怪我をしたときにはお世話になったし、ムムルートさんはお礼を受け取ってくれなかったっすから」

「お爺ちゃんに、サクラちゃんに会いに行ってもいいけど、謝礼は受け取ってはダメって言われています」

話を聞いていたルイミンは手を大きく振って、シノブの申し出を断る。

「シノブには食事をご馳走になったし、今回はお土産だから、わたしが出すよ。ルイミンもわたしからなら大丈夫でしょう」

「大丈夫なのかな？」

「なにか言われたら、無理矢理に持たされたって言えばいいから」

わたしがそう言うと、ルイミンも欲しかったのか、「ありがとうございます」って言って風鈴を選び始める。

「シュリ、こっちのほうがいいんじゃない？」

「え～、こっちがいいよ」

「たしかにいいけど」

「わたしはこっちにしようかな」

「クマさんがあればクマさんにするのに」

シュリがそんなことを言う。

いや、あるわけがないよ。風鈴に描かれているのは綺麗な模様、水色や緑、涼しげな色合いが多い。動物もいるけど、残念ながらクマが描かれた風鈴はない。

「ユナはズルいっす」

楽しそうに風鈴を選んでいるフィナたちを見ながらシノブがそんなことを言い出す。

「わたしがおもてなしをしたかったのに。それに国王様もサクラ様にも頼まれていたっす」

「しかたないでしょう。みんな、シノブからのお礼だと受け取らないんだから」

「そうっすが」

シノブの気持ちも分からなくもない。フィナは怪我をしてくれた自分を面倒を見てくれ、ルイミンは危険を冒してまで、大蛇の討伐を手伝ってくれた。

それが、お礼らしいことはなにもできてない。

わたしが図々しく、温泉つきのお屋敷をもらったぐらいだ。

だから、他の人へのお土産も買うことにする。

「フィナ、あと孤児院やお店に飾るものも選んでおいて」

孤児院などのお土産はフィナにお願いして、わたしはノアとフローラ様に買っていくお土産を選ぶことにする。あと、留守番しているカガリさんにも買っていくのもいいかもしれない。

わたしは風鈴を見る。本当にいろいろな色の風鈴がある。どれにするのか迷う。

どれがいいかな？

わたしはフィナたちと一緒に風鈴を選ぶ。

「これでいいかな？」

フローラ姫には透明のガラスに赤色の花が描かれた風鈴を、ノアには青い魚が描かれた風鈴を選び、わたしも自分用に一つ選ぶ。

カガリさんへのお土産は狐《きつね》の絵が描かれた風鈴だ。まあ、見たときから、これしかないと思っていた。

クマはないけど、狐はあるんだね。

そして、フィナたちも風鈴を選び終わる。

ルイミンが選んだ風鈴は緑色を使った風鈴だった。綺麗な波打ったような模様だ。エルフの村には合いそうだ。どうやら、2つとも同じようなものを選んだようだ。

フィナとシュリが選んだティルミナさんへのお土産は全体が薄青いガラスでできた風鈴だった。そこに模様が入っている。

「くまさんの憩いの店」への風鈴は青い鳥の絵が描かれていた。選んでいた会話からすると、コケッコウ繋《つな》がりみたいだ。

アンズのお店の「くまさん食堂」用のは金魚の絵が描かれていた。魚繋がりで選んだみたいだ。それ以前に金魚いるんだね。

孤児院には花が描かれた風鈴をいくつか選んだ。孤児院は広いから、女子側と男子側とあったほうがいいんじゃないかとなった。

全ての風鈴を選び終える。

「嬢ちゃん、ありがとうさん。それで風鈴は箱に入れるかい？　ちなみに箱代は別料金になっている」

せこいと思うのはこの世界の住人じゃないからかな？　箱入りはあたりまえだからね。だから、わたしの返答は決まっている。

「全部、箱に入れて」

箱に入れておけば、壊れにくいし、片づけるときも便利だ。プレゼントするときも箱があったほうがいい。

おじさんは一つずつ、丁寧に小さな木箱に入れてくれる。

「それじゃ、これ代金」

「ありがとうさん。可愛いクマの嬢ちゃん」

おじさんはお金を受け取り、嬉しそうにする。

風鈴はクマボックスに入れる。

530 クマさん、和服を着る

風鈴を買い、大道芸をしているのを覗《のぞ》き、サクラと別れたお屋敷の前に戻ってくる。お屋敷の入り口に門番が立っている。

「お疲れさまっす」

「シノブ殿、お疲れさまです。どうぞ、お入りください」

先ほど会っていることと、サクラから通すように言われているので、国王様にもらったカードを見せることもなく、門番は中に通してくれる。

わたしたちは軽く頭を下げて門をくぐり、中に入る。

「えっと、本来ならサクラちゃんに会うなら、ユナさんからもらったカードを見せるんですよね」

ルイミンが尋ねてくる。

「一人で来るようなことがあるなら、見せればいいっす。門番も変われば、ルイミンのことを知らないと思うっすから」

今日はカードを見せなくても通れても明日は通れないかもしれないってことだ。

わたしたちはそのまま建物の中に入り、サクラのいる部屋に向かう。

「サクラ様、戻ったっす」

「入ってください」

部屋に入ると、壁際でサクラが座布団に座って、書き物をしていた。そして、振り返る。

「もしかして、仕事？」

「いえ、違いますから、大丈夫ですよ。みなさん、街は楽しめましたか？」

「うん、見たことがないものがたくさんあって、楽しかったよ」

ルイミンは笑顔で答える。

「どのような場所に行ってきたのですか？」

わたしたちは見たものや食べたものを話す。

「凄く臭かったよ」

「ふふ、納豆ですか。確かに独特の臭いがしますからね。初めての人には辛いかもしれませんね」

「サクラちゃんも食べるの？」

「はい、食べますよ」

まあ、納豆がある食文化で育ってきたなら、普通に食べるよね。

それから、ルイミンとシュリは街のことを楽しそうに話す。フィナはわたしの隣で微笑ましそうに見ている。

「あと、綺麗な音がするものをユナさんに買ってもらったんだよ」

「綺麗な音ですか？」

ルイミンが言っていることが伝わらず、サクラは首を小さく傾げる。

「風鈴だよ。わたしたちがいる国には風鈴は売っていないんだよ」

わたしの言葉に納得する。

「あっ、サクラちゃんの風鈴を買ってこなかった」

ルイミンは思い出したように、表情が暗くなる。

「ふふ、気にしないで大丈夫ですよ。風鈴は持っていますから。話を聞いたら風鈴の音が聞きたくなりました。あとで飾ることにします」

それからも、かき氷を食べたとか、なにを見たとか話は続く。そんな話をサクラは嬉しそうに聞いている。

本当に大人びた女の子だ。フィナと違うタイプの精神が大人な子供だ。

「みなさん、いろいろな場所に行ったんですね。今度はわたしもみなさんの住んでいる場所に行ってみたいです」

「そのときは招待するよ」

「楽しみにしています」

今度はサクラをクリモニアやエルフの村に連れていってあげたいね。

エルフの村には一度行っているけど、あのときは大蛇が復活して大変なときだった。話によるとムムルートさんのお手伝いをしていただけと言うし。

「あと、服とかも見たりしたよ。この国の服って綺麗だけど、動きにくそうだよね」

ルイミンが思い出したように言う。

確かに、和服は足元まであるから、動き回るのは不便だ。腕の袖口も広がっているから、腕を振り回すのも不便だ。それと帯がキツイイメージがある。おなかが膨れたら、苦しそうだ。

その逆にエルフの服装は身軽さに重点を置いているのか軽装だ。

そんな和服より動きにくい格好をしている、わたしには言われたくないよね。

「でも、ちょっと着てみたかったかな」

「わたしが買ってあげるって言ったんだけど。フィナたちに断られたんだよ」

わたしはフィナに視線を送る。

「だって、あんな高い服を買ってもらうわけにはいかないよう。それに買ってもらっても着ることはないから、お金がもったいないです」

まあ、その気持ちは分かる。わたしもフィナもミサの誕生日パーティーのときにノアからもらったドレスは一度も着ていない。和服を買ってあげたとしても着る機会はない。無駄遣いと思われてもしかたないことだ。

「フィナちゃんじゃないけど。あんな値段が高いのは買ってもらえないですよ」

「わたし、服より食べ物がいい」

ルイミンとシュリらしい言葉だ。

「でも、フィナたちの和服姿は見てみたかったよ」

それはわたしの本心だ。

「それなら、わたしの服を着ますか？」

サクラはフィナたちを見る。

「わたしの服ならフィナは着られると思います。小さいときの服ならシュリも着られるはずです。ルイミンさんは、少しわたしより大きいですが、着られないことはないですね」

サクラは確認するように頷いている。

「それに服はわたしのだけではありませんので、みなさんが着られる服は用意できます」

もしかして、着物を着させようとしている？

3人が着るのは賛成だけど、わたしは遠慮したい。

「ふふ、ユナ様の服も用意しますから大丈夫ですよ」

顔に出ていたのか、サクラが微笑みながら言う。

「わたしは別に……」

「シノブ、みなさんの着物を用意してくれますか」

「了解っす」

シノブは立ち上がって、まるで忍者のように颯爽《さっそう》と部屋から出ていく。

サクラも、そのあとをゆっくりと歩いて出ていく。

もしかして、わたしも着ることになるの？

しばらくすると、部屋にたくさんのつづらが運ばれてくる。

人が入れかわり立ちかわりに運んでくるから、シュリたちは驚いていた。

「それでは、中を確認しましょう」

サクラは自分の体ほどのつづらの蓋《ふた》を開ける。

「どれが似合うでしょうか」

サクラは楽しそうにつづらの中を確認する。

「みなさんも好きな色とかあったら教えてください」

楽しそうにするサクラから逃れることはできず、サクラの着せ替え人形となる。

わたし？　逃げようとしたけど、逃げることはできなかった。そもそも、逃げる場所なんてないし、フィナたちを置いていくわけにもいかない。なので、わたしもみんなに付き合って、着物を着ることになった。まあ、ドレスのときのパーティーと違って人前に出るわけでもなかったので、拒否反応はあのときほどはない。着物を着て街の中を歩くようだったら抵抗したけど。

「ユナ様はこちらが似合うかと思います」

サクラが見せてくれたのは黒い着物に鮮やかな白と赤の花の柄の着物だった。

「わたしはあとでいいよ」

「ユナお姉ちゃんが着たら、わたしも着ます」

「ユナ姉ちゃんの服を着たところ見たい」

「わたしもユナさんが着替えたら、着替えます」

「ほら、みんなもこう言っています。クマさんの服を脱いでください」

みんなの視線がわたしに集まる。

どうやら、第一の生け贄《にえ》は、わたしになったみたいだ。

フィナたちの和服姿を見るための先行投資と思って諦める。それに、わたしが断ったら、フィナたちも断るかもしれない。

わたしは諦めて、もしものときのためにくまゆるとくまきゅうを召喚してから、クマの服を脱ぐ。

そして、わたしはサクラの言われるままに着付けをされる。そして、長い髪は結ばれ、かんざしをつけられる。

「ユナ様、綺麗です」

「ユナさん、凄く似合っています」

「その髪型も綺麗」

「くまゆるちゃん、くまきゅうちゃん、ユナ姉ちゃん、きれいだね」

「「くぅ〜ん」」

くまゆるとくまきゅうまで。

「強くて、可愛くて、美人で、性格もよくて、ユナはいつか女性たちを敵に回すっすよ」

「別に、性格はよくないし、美人でも可愛くもないよ」

モテたことなんて一度もないし、性格は自分勝手、強いのはクマ装備のおかげだ。全てが当てはまらない。

「それは、鏡を見てから言うっす」

腕を引っ張られて姿見の前に立たされる。鏡に映る自分の姿を見る。

似合う、似合わないの問題ではなく、なぜか気恥ずかしい。

クマの着ぐるみと別の意味で恥ずかしくなるのはどうしてだろう。

そもそも、恥ずかしくないと思う服ってなんだろう？

ドレス姿も恥ずかしかったし、こっちの世界の服を着ても気恥ずかしいような気がする。

そして、わたしだけではなく、サクラとシノブの手によって、全員が着物に着替える。

フィナとシュリは姉妹ってことで同じような赤色の着物を着ている。ルイミンは髪に合わせたのか、薄緑色の柄の着物だ。シノブも忍者服から紺色の着物に着替えさせられて、わたし以上に恥ずかしそうにしている。

サクラも巫女っぽい服からサクラの花の着物に着替えた。

「みなさん、綺麗です」

うん、サクラを含めてみんな綺麗だね。写真があったら、撮りたくなる。でも、カメラもデジカメもスマホもない。

こういうときに、スキル、クマの念写とか欲しかった。見たものを紙に写すことができるとか。そんなスキルがあれば、今のフィナたちのことを画像に残すことができたのに。そうすればティルミナさんにも可愛い娘たちの姿を見せることができたのに、神様も融通が利かないものだ。

でも、写真がなければ、絵を描けばいい。

「フィナ、シュリ。こっちに来て、その座布団の上に座って」

わたしは目の前にある座布団に視線を向ける。

「えっと、はい」

「うん」

着物を着たフィナとシュリは素直にちょこんと座布団の上に座る。わたしはクマボックスから、紙と描くものを取り出す。

「しばらく動かないでね」

「もしかして、わたしたちの絵を描くんですか⁉」

「絵を描いてくれるの？」

「うん、だから、動かないでね」

「恥ずかしいから、やめてください！」

動かないでって言ったのに、フィナはわたしの持っている紙に手を伸ばしてくる。

「ティルミナさんに見せてあげるんだから、動かない」

わたしはフィナを押し返して、座布団に座らせる。

「シュリ、フィナが逃げないように手を握っていて」

「うん、お姉ちゃん、動いちゃダメだよ」

シュリがフィナの手を掴《つか》む。フィナもシュリの手を振りほどくことはしない。

わたしはフィナが動かない間に絵を描き始める。

「うぅ〜、恥ずかしいです」

フィナは頬《ほお》を赤く染めながら、俯《うつむ》いてしまう。

「フィナ、動かないで、顔は上げて」

フィナは恥ずかしそうに顔を上げる。

やっぱり、被写体がいいと描くのが楽しいね。仲良し姉妹だ。

でも、着物を描くのが難しい。まあ、ペンが黒一色だから、色を塗らないので楽だけど。

そんな絵を描いているわたしの後ろにはサクラとルイミン、シノブがいる。

「ユナ様、上手です」

「ユナは絵も描けるんすね」

「うわぁ、本当に上手です」

3人からお褒めの言葉をもらう。

「そんなに上手じゃないよ」

少しばかり嗜《たしな》む程度だ。

「そんなことはありません。とても上手です」

「うん、わたし絵なんて描けない」

「わたしは人相描きをすることがあるっすから、少しは描けるっすよ」

もしかして、あのジュウベイさんの指名手配風の絵はシノブが描いたものだったのかな。

「ユナ様、次にわたしたちも描いてくれませんか？」

「わたしもお願いします！」

「うん、いいよ」

わたしは照れるような表情をするフィナの絵を描き上げ、次にサクラとルイミンを描く。それが終われば、くまきゅうと一緒にサクラとシュリを描き、くまゆるとフィナとルイミンも描き、シノブとサクラも一緒に描いてあげる。

そして、最後はフィナ、シュリ、ルイミン、サクラ、シノブ、くまゆる、くまきゅうを一緒に描く。

久しぶりの人物画だったけど、楽しく描けた。

531 スズラン、カガリ様に会いに行く

わたしはカガリ様のお世話をしているスズランです。

本来は巫女《みこ》としての仕事をしています。

カガリ様はとても美しく、金色の長い髪をした綺麗な女性。わたしが幼いころに会ったときから、その美しさは変わりません。何百年と生きていると聞いたときは信じられませんでしたが、衰えないカガリ様を見れば信じられます。

リーネスの島には大蛇が封印されているという言い伝えが残っています。大蛇は国に災害をもたらし、多くの人が亡くなりました。その大蛇を封印し、その封印を守っているのが狐《きつね》様だといわれています。

わたしは物語のようにその話を聞いて育ちました。わたしは狐が神様だと思っていました。ですが、島には本当に狐様がいて、長年大蛇の封印を守っていました。それがカガリ様です。

初めて聞かされたときは驚きましたが、カガリ様の狐の耳と尻尾《しっぽ》を見たとき、信じることができました。


本日はカガリ様のお世話をするためにリーネスの島に向かいます。

わたし一人のために船は動かされます。

船から降りるのはわたし一人だけです。

船着き場に一人降りたわたしはカガリ様がいる家に向かいます。

森の中にある一本の道。何度も歩いた道です。

いつも、わたしが来ると喜んでくださるカガリ様ですが、今日のカガリ様は様子がおかしいです。話をしても上の空です。

カガリ様に何度か話しかけると、しばらくは島に来なくていいと言われました。わたしはその言葉に驚きました。どうしてなのか尋ねました。わたしに不満があるなら、言ってほしい。悪いところがあれば直したい。

でも、カガリ様のお言葉は予想を超えるものでした。

なんでも、大蛇の封印が解けるかもしれないから、危険なのだと言いました。

お酒を飲みながら言うので冗談かと思いましたが、その顔は嘘を言うときや、いつものように冗談を言っているときのような表情ではありませんでした。

そのお言葉は本当のことだと感じました。

島から戻ってきて、しばらくすると国王様より、島に行かないようにと伝達されました。

本当に、大蛇が復活するのでしょうか。

カガリ様のことが心配ですが、島に行く許可は下りず、時間だけが過ぎていきます。

そんなある日、仕事をしていると、街の外に多くの魔物が現れ、一般人の街の外に出ることは禁止になり、多くの兵士が街の外に出ていきました。

みんな不安そうにしています。

こんなことは初めてです。

でも、きっと大丈夫なはずです。

兵士が出ていってしばらくしたとき、偶然に兵士が話している声が聞こえてきました。その会話の中に「大蛇が復活した」という言葉が聞こえました。

わたしは聞き耳を立てようとしましたが、箝口令《かんこうれい》がしかれているようで、兵士は上官に注意され、すぐに口を閉じてしまいます。

大蛇が復活した。わたしの頭の中に、その言葉が何度も繰り返されます。

カガリ様は！

不安に押しつぶされそうになります。

外出は禁止されていましたが、わたしは島に行くときにお世話になっている人たちのツテを使って、港に向かいます。

港は混乱していました。

街から出ていく、馬車や人が多くいました。

ここまで来ましたが、ここから島に渡る方法はありません。

カガリ様の心配をしていると、大蛇が討伐され、国王陛下がリーネスの島に向かったと聞きました。

本当に大蛇が討伐されたのですか。

カガリ様は……。

どうかご無事でいてください。


海を見ていると、国王陛下を乗せた船が戻ってきました。

リーネスの島の状況を知るために、船の近くに人が集まります。

わたしも人だかりの中、船に近づきます。

船から国王陛下が降りてきます。その腕の中にはサクラ様がいました。

どうして、サクラ様が。

わたしが一歩踏み出すと、国王陛下が気づきます。

「スズランか」

「国王様、大蛇が復活したというのは本当なのですか」

「本当だ。だが、大蛇は討伐された」

その国王陛下のお言葉で、歓声が上がる。

「それで、サクラ様は？」

「リーネスの島へカガリに会いに行っていた」

知らなかった。

「それで、サクラ様はご無事なのですか？」

「疲れて寝ているだけだ。サクラのことを頼む」

「あ、はい」

国王様はわたしにサクラ様をお預けになると、歩きだします。

「あのう、カガリ様は」

わたしは前のめりになって、お尋ねします。

「心配するな。カガリは無事だ。今は島に残っている」

よかった……。

「ただ……」

国王様は言い淀《よど》まれます。

「なにか、あったのですか？」

わたしが尋ねると、国王様は困った表情を浮かべられます。

「詳しいことは話せない。カガリに会ったときに、本人に聞くがいい」

国王様はそれだけおっしゃると離れていかれました。

もしかすると怪我をしているのかもしれない。

でも、今は無事なことを教えていただけただけでも十分です。

わたしは立ち去っていく国王様に頭を下げて、馬車を手配するとサクラ様をお屋敷までお運びします。

サクラ様は、なにかご存知なのでしょうか。


翌日、サクラ様がお目覚めになりました。

わたしはカガリ様のことを知っていると思われるサクラ様にお尋ねします。

「サクラ様、カガリ様について、なにか知っていることはありませんか？」

「それは……、わたしの口からカガリ様の状態は言えません。お会いになれば分かると思いますが、もうしばらく待ってもらえますか」

サクラ様はなにかを知っておられるようです。でも、サクラ様の口からはおっしゃれないようです。

「ですが、無事なので安心してください」

サクラ様は安心させるように話してくださいました。

それから、サクラ様はリーネスの島にいる間のことや、寝ている間のことをたずねられました。

サクラ様は、わたしの話を静かに頷《うなず》いて聞いておられました。

それから、わたしは幾度となくリーネスの島へ向かう船への上船を申請しましたが、許可は下りませんでした。

誰でもリーネスの島に入れるようになったからだそうです。これまではリーネスの島には女性しか入れませんでしたが、大蛇が復活したことで封印が壊れ、誰でもリーネスの島に入れるようになったそうです。でも島には魔物がいるかもしれないので、自分の身を守れない者を連れていくことはできないというのも理由でした。

早くカガリ様にお会いしたい。

カガリ様、ご無事ですよね。


カガリ様の状況が分からないまま、数日が過ぎたあと、カガリ様のことで国王様に呼ばれました。

やっと会えると思い、急いで向かいます。

深呼吸をして、心を落ち着かせます。

「スズランです」

国王様の許可をいただき、部屋の中に入ります。部屋の中には国王様しかいらっしゃいません。人払いをされたのでしょうか。

「来たか」

「はい。それで、カガリ様は」

わたしは手を握りしめ、声をあげたいところを抑えながら尋ねます。

「カガリ様は、本当にご無事なのでしょうか」

大蛇と戦って、大怪我をしている可能性もあります。

わたしの質問に国王様は、少し困ったような表情を浮かべます。

「……怪我はない。カガリの状況は俺からは説明できない。詳しくはカガリに会って、本人から聞いてくれ」

国王様は言いづらそうにおっしゃいます。

サクラ様にも同じことを言われました。

そんなに話せないことなのでしょうか。

怪我をしていないなら、話せると思います。他にカガリ様の話せない状況の理由が思いつきません。

「分かりました。それではリーネスの島の上陸の許可はいただけるのでしょうか」

「今、カガリは島にはいない。今はトワの湖の屋敷にいる。トワの湖には行ったことはあるよな」

「はい、カガリ様のお世話をするときに、一緒に行ったことがあります」

湖の近くにお屋敷があり、温泉もある、国王様の保養地です。それでカガリ様も使わせてもらったことがあります。

「カガリはあそこにいる」

「今から行ってきます」

今から行けば、夜には着く。

「待て、行くなら、明日にしてほしい」

飛び出そうとするわたしを止める。

「どうしてでしょうか？」

「それは、カガリからの頼みだ。今日はいろいろと準備をして、明日行ってくれ」

「わかりました。それでなにを用意したらよろしいでしょうか？」

「むこうにはなにもないと思ってくれればいい」

カガリ様にすぐにでもお会いしたいですが、国王様が言うとおりだと用意するものが多い。

そう考えれば、ちゃんと準備をして向かったほうがいい。

わたしは国王様にお礼を言って、部屋をあとにします。

カガリ様が無事なことに嬉しくなる。わたしはカガリ様に持っていくものを準備する。おなかを空かせているかもしれないので、食べ物にあとお酒、服も必要かもしれません。わたしは必要なものを頭の中で考える。

早く、カガリ様にお会いしたい。

翌日の朝早く、カガリ様のために用意したものを馬車に載せて出発します。馬車を走らせている途中で、クマのようなものに乗った子供たちとすれ違ったような気がしますが、きっと気のせいです。

それからまもなくして、トワの湖のお屋敷に到着します。

ここにカガリ様がいる。

扉に手をかける。

「開いている」

扉を開けて建物の中に入ると、中は静まり返っています。

「カガリ様、いらっしゃいますか？」

わたしは玄関から小さな声で尋ねます。

どちらにいるんでしょうか。

1階は調理場、倉庫などでこの階にはいないはずです。

わたしは2階に上がります。2階はたくさんの部屋があります。ここにいるかもしれません。

そう思ったとき、「おなかが減ったのじゃ！」と声が上からしました。

カガリ様の声です。

わたしは階段を駆け上がります。

「妾《わらわ》もついていけばよかった。スズランはいつ来るのじゃ」

あの部屋から聞こえてきます。ドアが開いていたので声が漏れていたみたいです。

「カガリ様、遅れて申し訳ありません」

部屋の中に入ると、そこにはカガリ様が……いなかった。いたのは金色の髪をした小さな女の子でした。

「スズラン?」

小さな女の子はわたしの名前を口にします。

わたしの名前を知っているの?

わたしは小さな女の子に近づきます。

凄く綺麗な女の子です。でも、どこかで見たことがあるような気がします。

「スズラン、待っていたぞ。なにか作ってくれ」

「わたしのことを知っているの?」

「なにを言っておるんじゃ?」

女の子は不思議そうにわたしを見ます。

わたしはじっくりと女の子を見ます。この金色の綺麗な髪、この顔立ち。もしかして、もしかするのでしょうか。

「もしかして、カガリ様の娘さんですか!?」

「……！」

女の子は驚いた表情をする。

「カガリ様にこんな可愛い娘さんがいらっしゃったんですね」

どうして、教えてくれなかったのでしょうか？

わたしは女の子を持ち上げます。

女の子は軽く持ち上がります。凄く可愛いです。

「えっと、お名前はなんて言うの？　お母さんはどこにいるの？　お母さんに会いに来たんだけど」

わたしが女の子に尋ねると、女の子は腕を振り上げると、ポカリとわたしの頭を叩《たた》く。

「なにを言っておる。妾《わらわ》がカガリじゃ。お主の目は節穴か！」

頭を軽く叩かれる。

「……カガリ様？」

わたしは腕の中にいる女の子を再度見ます。

「そうじゃ、カガリじゃ。大蛇との戦いで魔力を使いすぎて、こんな姿になってしまったのじゃ」

信じられません。魔力を使いすぎたからといって、子供の姿になるなんて聞いたことがありません。

「本当にカガリ様なのですか？」

「なんじゃ、お主しか知らないことを話せば信じてくれるのか？　料理を失敗した話か、森で迷子になって、泣いていたことか」

「そのことを知っているのは」

「妾だけじゃ」

「それじゃ、本当にカガリ様なのですか？」

「さっきから、言っておるじゃろう」

わたしの目から涙が流れ落ちる。

カガリ様が目の前にいることを確認した瞬間、涙が出てしまったのです。

「生きていてくださって、よかったです」

「心配をかけたようじゃな」

カガリ様がわたしの頭に手を置いてくれます。

「カガリ様」

わたしは小さくなったカガリ様を抱く。

本当に生きていてくれた。わたしがカガリ様に抱きついていると、カガリ様のおなかが小さく「くぅ」と鳴る。

わたしとカガリ様はお互いの顔を見ると、笑顔になりました。
国王様やサクラ様がカガリ様の状況を説明できなかった理由は分かりました。
こんなこと、話されても信じなかったと思います。
この目で見ても信じられませんから。
「それじゃ、今から作りますね」
カガリ様の大好物の、お稲荷さんを作ってあげよう。
でも、それまで待ってくれるでしょうか。
わたしは外にある馬車に向かいます。

532 クマさん、絵本を見せる

着物は動きにくく、暑いので、着物を堪能したわたしたちは元の服に戻る。

やっぱり、クマの服は落ち着くね。この着心地と肌触り、この着ぐるみと思えない温度管理。

そこまで考えて、思考を止める。

……えっと、クマの着ぐるみの服が落ち着くって、もう末期？

もう、着ぐるみをはずかしいと思っていたころの純粋な心を持ったわたしには戻れないかもしれない……。

わたしは膝を突いて落ち込む。

「ユナ様、どうしたのですか？」

「ううん、なんでもないよ」

わたしは力を振り絞って立ち上がる。

見た目さえ気にしなければ最高級の服なのは間違いない。

着替え終えたわたしは描いた絵をそれぞれにプレゼントする。

「ありがとうございます。大切にしますね」

「わたしも部屋に飾ります」

サクラとルイミンは嬉しそうにわたしが描いてあげた絵を見ている。ポーズは違うけど2人が一緒に描かれている。まあ、自分しか写っていない写真を自分の部屋に飾るのは恥ずかしいけど、友達と一緒にいる写真なら恥ずかしくはないはずだ。

喜んでもらえたのなら描いたかいもあったというものだ。

「わたしもユナ様みたいに絵が上手に描けましたら、みなさんを描くのに」

わたしが描いた絵を見ながらサクラが呟《つぶや》く。

「絵は何度も描いていけば上手になるよ」

「それはできる人が言うセリフっすよ。何度やっても上手にならない人はいるっすよ」

「でも、サクラはまだ子供なんだから、これからでしょう。人は成長するものだよ」

なにもしていなくても体は成長する。でも、知識は学ばないと増えないし、技術は磨かないと上達はしない。ただ、シノブが言っていることは正しい。人には得手不得手があり、成長する速度も違う。少ない時間で多く進める人もいれば、人の倍以上の時間をかけて進む人もいる。

ようはやる気の問題だ。

「シノブだって、初めからそんなに強くはなかったんでしょう」

「そうっすが、ユナはなんでもできる気がするっす」

「なんでもはできないよ。わたしだって、初めは下手だったんだから」

初めてやることは誰だって初心者だ。初めから上手にできるのは一握りの人間だけだ。絵に関しては、わたしは得意だったけど、苦手なことには時間がかかる。ただ、分かっていることは、やらなければ前に進むことはできないってことだ。

「本当っすか？　そのあたりはどうなんっすか、フィナ」

いきなり話を振られたフィナが少し考える。

「昔のユナお姉ちゃんは分からないけど。今のユナお姉ちゃんは強いし、料理もできるし、優しいし、なんでもできるのかな？」

「フィナ？」

「でも、魔物の解体はできないかな」

「そうなんすっか？」

解体は無理だよ。

やる気がないから、解体の技術が上達することはない。

「人には向き不向きがあるから。それに解体ならフィナがわたしの代わりにしているからね」

「ユナお姉ちゃん」

フィナは少し嬉しそうにする。

「でも、サクラが絵が上手になりたいと思ったら、練習は必要だと思うよ」

「そうですね。やりもしないで、できないって諦めたら、上達はしませんね」

「サクラは国を救うために頑張ってきたんだから、その気持ちがあればできるよ」

「はい、諦めずに描いてみます」

「そのときは、わたしが絵のモデルになるっすよ」

ここで話が綺麗にまとまったと思ったとき、シュリが爆弾を投下する。

「わたしも絵が上手になったら、ユナ姉ちゃんみたいに絵本を描きたいな」

「絵本ですか？」

サクラが反応する。

「うん、くまさんの絵本だよ」

フィナが慌ててシュリの口を塞《ふさ》ごうとするが遅かった。

「もしかして、ユナ様、絵本を描いているのですか？」

わたしは諦める。

「えっと、知り合いの子供に描いてあげたんだよ」

相手はお姫様だけど。

「わたし、ユナ様が描いた絵本が見てみたいです」

やっぱり、そうなるよね。

「たいしたものじゃないよ。子供に見せる絵本だよ。サクラが見ても楽しくないかもよ」

「わたし、子供です」

サクラが少し拗《す》ねたように言う。

……そうだったね。

「ユナさん、わたしも見てみたいです。お姉ちゃんから話は聞いているけど、見ていないから」

ルイミンまで、そんなことを言いだす。

そういえばルイミンの腕輪事件で、ルイミンも絵本のことは知っているんだよね。でも、絵本を見せた記憶はない。

「そうっすね。わたしも見てみたいっす」

シノブに続き、シノブまで言いだす。

「ユナ様、絵本を見せていただくことはできますか？　見たいです」

上目遣いでサクラがお願いしてくる。

わたしはいいけど、フィナが恥ずかしがるかもしれない。フィナを見るとシュリの口を塞いで困った表情をしている。

「えっと、今は持って……」

とりあえずはこの場は、持っていないことにして、やり過ごそうとする。

「なかったら、あの門を使えばすぐに取ってこられるから大丈夫っすよね？」

「その女の子にあげちゃったから」

嘘ではない。原本はフローラ様にあげた。

「そうなのですか」

サクラが悲しそうにする。

「うぅ」

わたしは子供の泣き顔に弱い。

でも、わたしが描いた絵本が和の国に広まるのは……。

「はぁ、分かったよ」

わたしは諦める。

泣く子供には勝てない。

わたしが諦めるとフィナも諦め、シュリの口から手を離す。それを見たわたしは、クマボックスから絵本を取り出して、サクラに渡す。

「可愛らしい女の子とクマさんです」

ルイミンとシノブがサクラの隣に座り、絵本を覗《のぞ》き見る。

「ユナさんが描いたんですか？」

「うまいっすね」

そして、３人は絵本を読み始める。

「女の子が可哀想です」「女の子がウルフに襲われちゃう」「おお、クマの登場っすね」「助かってよかった」「薬草も手に入ってよかったです」「クマさんは街の中に入れないんですね」「クマとお別れっす」「でも、お母さんに薬草を持っていけてよかったです」

フィナじゃないけど、自分が描いた絵本を目の前で読まれると、少し恥ずかしいものがある。

サクラは1巻を読み終えると、2巻、3巻と読む。そのたびに感想をもらすので、わたしもフィナも恥ずかしかった。

「ユナ様、続きはないのですか?」

「3巻までしか描いていないから、ないよ」

流石《さすが》に描いていないものは出せない。

「残念です。女の子が新しい街でどうなったか、気になります」

まだ、考えていないので、どうなったかはわたしも分からない。

「それにしても、初めは悲しい話かと思ったけど、クマさんが現れることで、女の子が幸せになってよかったです」

「あと、気になったっすが、この姉妹の女の子はフィナとシュリっすか?」

やっぱり、気づかれるよね。

「よく、分かったね」

「特徴が似ているっすからね。ユナは人の特徴をとらえて、描くのが上手っす。でも、さっきのわたしたちを描いてくれた人物画と違って、こっちは可愛らしい絵っすね」

「子供向けの絵本だからね」

「このような可愛いらしい絵本は初めて見ました」

サクラは絵本を持って、返そうとはしない。

「もしかして、欲しいの？」

「……はい。欲しいです。女の子が一生懸命に生きようとして、その女の子をクマさんが助けてくれる。わたしを映しているようでした」

サクラは絵本のクマに触れ、わたしを見る。

クマさんがわたしだってことも気づかれているよね。

「その絵本はあげるよ」

「本当ですか⁉」

「うん、でも、あまり他の人には見せないでね。フィナが恥ずかしがるから」

わたしも恥ずかしいし。

なにより、王都での絵本配布事件の二の舞だけは避けたい。

でも、あれがあったから複写されて、孤児院の子供やレトベールさんのお孫さんにも喜んでもらえた。喜んでもらえるのは嬉しいけど、広まるのは避けたい気持ちもある。

「絵本の女の子がわたしだってことは誰にも言わないでください」

フィナがお願いをする。

「言ったとしても、誰にも分からないっすよ」

確かにそうだ。フィナって子が絵本の女の子のモデルになっているといっても、和の国じゃ、誰も分からない。

「でも、恥ずかしいんです」

「分かりました。誰にも言いません。お約束します」

サクラは約束をする。

絵本はサクラにプレゼントすることになった。それを見ていたルイミンも欲しがったので、ルイミンにもプレゼントする。

「ありがとうございます。大切にしますね」

ついにクマの絵本が和の国とエルフの村に行き渡ってしまった。なんだか、自分の首を自分で絞めている気がするんだけど、気のせいだろうか。

でも、自分が描いた絵本を喜んでもらえるのは嬉しいものだ。

「わたしにはくれないんすか？」

「シノブに渡すと、知らないうちに同じ本がたくさん増えてそうだからね」

「そんなことはしないっすよ」

でも、サクラに渡しておけば、見ることはできる。孤児院だって、みんなで見ているんだし、サクラが持っていれば十分だ。

一応、複写はしないようにと伝えておく。

533 クマさん、クリモニアに帰る

絵本も渡し、楽しく会話をしていると、外が暗くなりはじめていることに気づく。

「そろそろ帰らないと、遅くなるね」

サクラたちに帰ることを伝える。

「帰られるのですか？　お泊まりになっても」

「あまり、長くこっちにいると、フィナたちの両親が心配するからね」

といっても王都に連れていくときも、ドワーフの街に行くときも、それほど心配せずに、ティルミナさんは送り出してくれた。

でも、今回は詳しく説明しないでフィナとシュリを連れてきてしまった。

それにゲンツさんも心配しているかもしれない。

ルイミンも、いくらムムルートさんがクマの転移門のことを知っているといっても、何日も家族を誤魔化すことはできないだろう。

「だから、今日は帰るよ」

わたしが座布団から立ち上がったとき、白クマさんパペットが「くぅ～ん、くぅ～ん」と鳴きだす。クマフォンが鳴っている。

誰？

クマフォンを持っているのはここに全員いるはず……と思ったけど、もう一人いたことを思い出す。

わたしはクマボックスからクマフォンを取り出し、軽く魔力を流す。

『おお、ユナか？』

クマフォンから聞こえてきたのは思っていたとおり、カガリさんだった。

そういえば、大蛇と戦っている際に、なにかあったときの場合に渡していた。返してもらっていないから、そのままだ。

「カガリさん、どうかしたの？」

『すまぬが、帰ってくるのは明日にしてくれぬか？』

「どうして？」

『スズランの奴が来たのじゃが、今日は泊まると言ってな。会うといろいろと面倒じゃろう。明日の朝には帰させる約束をした。悪いが今日のところはそっちで泊まってくれ。金が必要ならスオウの奴からもらってくれ。スズランが来た。話を終えるぞ』

カガリさんは一方的に話して、通話を切る。

「ユナお姉ちゃん、どうするの？」

クマの転移門は複数出すことができる。

カガリさんがいる屋敷に戻らなくても、帰ることはできる。

そして、話し合った結果、フィナたちは帰ることになった。

わたしはクマの転移門を出す。まずはルイミンの村に繋げる。

「そうだ。サクラちゃん、これを渡しておくね」

ルイミンは何かを思い出したようにアイテム袋から両手で持てるほどの布袋を出す。

「これはなんですか？」

「わたしの村にある木の葉から採れる茶葉だよ」

「もしかして、神聖樹の？」

わたしが尋ねるとルイミンは頷《うなず》く。そして、サクラのほうを見る。

「サクラちゃん、大蛇の結界を守るために魔力を無理に使っちゃったんだよね」

「はい、でも後悔はしていません。同じことが起きれば、何度でもします」

子供のときに魔力を使いすぎると、魔法が使えなくなるらしい。

サクラは大蛇の結界を守るために、魔力を使いすぎた。そのことで将来魔法を使えなくなるかもしれない。

「これは長年エルフの村を守ってくれている魔力の木から作った茶葉で、魔力を回復させる効果があるの。お爺ちゃんがこれをお茶にして飲めば、もしかすると魔法が使えるようになるかもしれないって」

「本当ですか？」

ルイミンの話を聞いて、サクラの目に涙が浮かぶ。

「約束したよね。いつか、旅に一緒に行くって」

「はい。約束しました」

2人はそんな約束をしていたんだね。

「だから、効果があるかもしれないから試してみて。もし、たとえ魔法が使えなくても、前に約束したとおりにわたしが守るから」

「ルイミンさん……」

「でも、それにはわたしも強くならないといけないけどね」

「わたし、ちゃんと飲みます」

「でも、飲みすぎはダメだからね」

「はい」

ルイミンとサクラは約束をする。

神聖樹の効果は分からないけど、効果があるようにと願う。でも、どんな結果になっても、2人なら大丈夫なはずだ。

ルイミンはクマの転移門を通る。

「ルイミンさん。また、来てくださいね」

「うん、来るよ。フィナちゃんもシュリちゃんもまたね。シノブさんもいろいろとありがとうございました」

「いつでも歓迎するっすよ」

みんなはルイミンに向かって別れを伝える。いつまでも開けておくわけもいかないので、扉を閉める。

あとでルイミンが通ったクマの転移門を回収しないといけないことを覚えておかないとね。

次に扉を閉めたわたしはクリモニアへと扉を開ける。

「家まで送らないで大丈夫？」

「大丈夫です。ユナお姉ちゃん、誘ってくれてありがとう。楽しかったです」

「うん、楽しかった」

わたしは自分が描いた和服姿のフィナとシュリの絵を渡す。

「やっぱり、お母さんに見せるの？」

「せっかく描いたんだからね」

ティルミナさんも娘の可愛《かわい》い姿は見たいはずだ。

絵の中のフィナは恥ずかしそうに、シュリは楽しそうな表情をしている。手を見ると、仲良く繋《つな》いでいる。実際はフィナが逃げないようにシュリがフィナの手を摑《つか》んでいるんだけど、仲良く手を繋いでいるように見える。

「それじゃ、わたしも明日には帰るから」

「はい。サクラちゃん、シノブさん、いろいろとありがとうございました」

「また来てくださいね」

「待っているっすよ」

フィナとシュリもクマの転移門を通ってクリモニアにあるわたしのクマハウスに帰っていく。

「ユナ様はどうするんですか？」

「わたしは適当に一泊して、明日帰るよ。サクラの部屋に扉を出したまま、帰るわけにはいかないからね」

わたしはクマの転移門を片付ける。

「それなら、ここに泊まってください」

初めて和の国で泊まった温泉付きの宿屋に泊まろうかと考えていたけど、サクラの言葉に甘えることにする。


そして、サクラは夕食までくまゆるとくまきゅうと遊ぶ。

夕食には和食をいただき、サクラの部屋に布団を2組敷く。

今は布団の上で、わたしたちは座り、腕の中には子熊化したくまゆるとくまきゅうが抱かれている。

「それでは明かりを消しますね」

サクラは立ち上がり、壁にある魔石に触れると、天井にある明かりが消える。

お互いにくまゆるとくまきゅうを抱いて布団の中に入る。

「ユナ様、お休みなさい」

「お休み」

静かな時間が流れる。

「ユナ様、起きていますか？」

「起きているよ。もしかして、眠れない？」

「少しお話をしてもいいですか？」

「うん、いいよ」

「ユナ様、あらためてお礼を言わせていただきます。和の国を救っていただきありがとうございます」

「何度も、お礼は聞いたよ」

「わたしは言葉でしか、お礼ができません」

「十分だよ」

この世にはお礼を言うことすらできない人はいる。

「ですが……」

「お礼は禁止」

これから何度もお礼を言われても困るので、サクラの言葉を遮る。

そして、気になっていたことを尋ねる。

「そういえば、未来の夢は見ているの？」

「いいえ、たぶん、見てません。見ても、楽しい夢ばかりです。ユナ様と遊んだり、シノブとお出かけをしたり、楽しく仕事をしたり、そんな夢ばかりです」

「それが未来になるといいね」

「はい」

予知夢なんか見ないほうがいい。

便利な力かもしれない。今回のように死にゆくものを助けることができるかもしれない。でも、防げないこともある。

それに、サクラのような子供には重すぎる力なのは確かだ。

フィナもそうだけど、子供には幸せになってほしい。

そして、サクラが眠るまで、お喋《しゃべ》りをした。


翌朝、食事をいただき、温泉付きのお屋敷に帰ろうとすると、シノブがやってくる。

「昨日、ユナから頼まれていたカードっす」

そう言うと、カードを2枚差し出す。

昨日頼んで、もう作ってくれたみたいだ。

「ありがとう。フィナとムムルートさんに渡しておくよ」

わたしはクマボックスにカードをしまう。

「それじゃ、わたしも帰るね」

「ユナ様、また来てくださいね」

「せっかく温泉付きのお屋敷ももらったからね。来るよ」

クマの転移門があるから、温泉に入るために来ることも簡単だ。

「お待ちしていますね」

「ユナ。まだ、案内したいところがたくさんあるっすから、必ず来てくださいっすよ」

「来るよ。そのときは、またシノブのおごりでお願いね」

「いいっすよ」

「いや、そこは嫌がるところでしょう」

冗談で言っただけなのに。

「ユナに使ったお金の請求は国王様にするっすから、問題はないっす」

「それはダメでしょう」

「カガリ様も言っていたっすが、大蛇が人がいるところに来ていたら、どれほどの被害が出ていたか分からないっす。家が壊されて建て直すにも費用がかかるっす。人が怪我すれば、仕事ができない。最悪死んでいたかもっす。そんなお金のことを考えれば、ユナたちにおごることなんて微々たるものっすよ」

確かにそうなんだけど。おごられるほうとしては、国のお金から出すと言われたら、断りたい気持ちになる。だからといって、シノブの財布から出るならいいっていうわけじゃないけど。

あくまで、冗談で言っただけだ。

それにお金には困っていないし。

現在進行形でミリーラとクリモニアを繋ぐトンネルの通行料のお金は入ってくるし、お店やコケッコウのお金も入ってくる。つまり、働かなくてもいいぐらいお金はある。

「とにかく、冗談だから。まあ、案内をしてくれると嬉しいかな」

「そのときは、わたしもご一緒します」

わたしはサクラとシノブにお礼を言って、屋敷を出る。

街の外まで見送ると言われたが断った。

断らないとカガリさんがいるところまでついてきそうだったから。

2人と別れ、街を出るとくまゆるを召喚して、カガリさんがいるお屋敷に向かう。

そして、何事もなくカガリさんがいる屋敷に帰ってくる。

「カガリさん、ただいま」

「戻ってきたのか」

カガリさんは広い部屋に布団を敷き、寝そべりながら器用にお酒を飲んでいる。

布団の近くには女性でも持てそうな小さな酒樽《さかだる》がある。

子供がお酒を飲んでいいのかな？　中身は大人だけど、絵面《えづら》的にアウトだと思う。

「お主だけか？」

「フィナたちは、先に帰ってもらったよ」

「そうか。ムムルートの孫から、やつの話を聞きたかったのだがな」

「また、連れてくるよ。それで、スズランさんだっけ？　スズランさんは帰ったの？」

まあ、一応、家に入る前に探知スキルで確認してから入ったので、カガリさん以外いないことは分かっている。

「ああ、しばらく泊まりたいと言っていたが、必要なものがあるから用意してほしいと言って帰らせた」

「よほど、カガリさんのことを心配していたんだね」

名前しか知らないけど、カガリさんのことを心配した一人なのは間違いないと思う。

今度会ってみるのもいいかもしれない。

「妾《わらわ》を見たとき、妾の子供だと言って、抱き上げたがのう」

それはしかたないと思う。大人のカガリさんが子供になったとは誰も思わない。そして、カガリさんそっくりな子供が現れれば、カガリさんの子供と思ってもしかたないと思う。

「それで、お主はどうするのじゃ？」

「帰ろうと思っているけど、もしかして、寂しい？」

「なにを言っておる。妾は誰よりも長く生きている。別れも何度も経験している。別に寂しいわけがなかろう」

もしかして、別れが辛いから一人でいるのかもしれない。島に一人で残り、城に残ろうともしなかった。

たぶん、今までにたくさんの人と別れ、悲しんできたのかもしれない。その気持ちはわたしには分かることはできない。ただ、寂しいって気持ちは分かる。

「もし、エルフの村で暮らしたくなったら、言ってね。あそこなら、カガリさんも共に生きられると思うよ」

「……」

カガリさんは驚いた表情でわたしのことを見ている。

わたしたちと違ってエルフは長寿だ。共に生きるなら、同じ長寿の人たちと生きたほうが幸せだと思う。

「……その言葉はありがたくもらっておく。だが、ここには妾がいないと寂しがる者がいるからのう」

遠くを見るような目で、開いている窓の外を見ている。

カガリさんを気遣うスズランさん。母親や姉のように慕うサクラ。長い付き合いの国王。ここを離れるわけにはいかないんだと思う。

わたしは、フィナたちが選んでくれたお土産の風鈴を窓につける。

「風鈴か」

「みんなが選んでくれたんだよ」

風鈴が風に揺れて「ちりーん」と鳴る。

それから、わたしは帰るまで、カガリさんと風鈴の音を聞きながら話をした。

534 クマさん、絵本4巻を描く

和の国から戻ってきたわたしは、フィナとシュリを預かっていた件で、ティルミナさんに会いに行く。いきなり、フィナを呼びつける感じになっていたので、謝罪も含めてだ。

でも、ティルミナさんは怒った様子もなく、「ユナちゃんのことは信用しているから大丈夫よ」と言われた。ただ、娘が2人とも1泊2日、いなかっただけなのに、ゲンツさんは寂しがっていたらしい。

「あと、素敵な絵をありがとう」

わたしが描いた、フィナとシュリが着物を着た絵は喜んでもらえた。

ゲンツさんは2人の可愛《かわい》い姿が実際に見られなくて残念がっていたそうだ。わたしが描いた絵より、実際のフィナたちのほうが可愛いのだからしかたないけど。

ちなみにゲンツさんへの言い訳としては、和の国から贈られた服をわたしが着させたことになっている。

そしてティルミナさんに今日もフィナの貸し出し許可をもらう。

ティルミナさんからはいつもどおり自由にしていいと言われた。

「ユナお姉ちゃん、絵本を描くの？」

テーブルの上には紙と描くものが用意してある。

昨日、サクラに絵本を渡したら、久しぶりに描きたくなった。それにフローラ様も待っているかもしれないから、そろそろ描かないといけない。

前に絵本を描いたのは学園祭に行く前だ。それから砂漠に行ったり、ミリーラの町にみんなで旅行に行ったり、ドワーフの街や和の国に行ったりして、絵本は描いていなかった。

描きたいと思ったときに描かないと、怠け者のわたしはいつまでも描かない。

そんなわけで、久しぶりに絵本を描くことにしたのでフィナを家に呼んだ。

「女の子が街に行ったあとはどうなるんですか？」

絵本は病気が治った母親と妹と一緒に新しい街に行ったところで終わっている。

女の子の新しい生活が始まるところから描こうと思っている。

「こんな感じに考えているけど」

わたしはフィナに絵本の内容を簡単に説明して、絵を描き始める。

◇◇◇

絵本　くまさんと少女　4巻

女の子は家族と新しい街にやってきました。

女の子たちの腕の中には小さいくまさんがいます。

女の子の腕の中には小さいくまさん、妹の腕の中には小さい白いくまさん、母親の腕の中には小さい黒いくまさんが抱かれている。

「お母さん、どこに行くの？」

女の子は新しい街で不安そうにします。

くまさんを抱きしめる腕に力が入ります。

母親は冒険者ギルドに行くと言いました。

冒険者ギルドは、魔物を倒したり、魔法を使ったりする人がいるところです。

女の子にとって恐ろしい顔をした大人がたくさんいる冒険者ギルドは怖いところです。


女の子たちは冒険者ギルドにやってきました。

とても大きな建物です。

剣を持った冒険者が建物の中に入ったり、出たりしています。

女の子と妹は不安そうにします。そんな娘たちに母親は微笑《ほほえ》みます。その笑顔で女の子と妹は少しだけ不安が消えます。

女の子たちは冒険者ギルドの中に入ります。

建物の中には、剣など武器を持った怖そうな人たちがたくさんいます。そんな冒険者の視線が女の子たちに集まります。

「くま?」「クマ?」「熊?」「ベアー?」

女の子たちが抱く、くまさんに目が向けられます。

妹は怖がって、母親の後ろに隠れてしまいます。でも、女の子はくまさんを強く抱きしめ、視線に耐えて、母親の前に立って、母親と妹を守ろうとします。

母親は女の子の頭に手を置き「大丈夫」ってやさしく微笑みます。


母親は受付に行くと、誰かの名を口にして呼んでほしいとお願いします。

受付の女性は女の子や母親が抱いているくまさんに驚きますが、呼びに行ってくれます。

しばらくすると、女の子たちの前に大きな体の男性が現れ、母親との再会を喜びます。

女の子たちは部屋の奥に通されました。

男性は冒険者ギルドで一番偉いギルドマスターでした。

ギルドマスターは女の子、妹、母親が抱いているくまさんを見ます。

「それはクマか?」

母親はギルドマスターにクマと一緒に街に住めるようにお願いをします。

くまさんは命の恩人です。

ギルドマスターは考え込みます。

「それにしてもクマか、懐かしいな」

ギルドマスターは女の子が抱いているくまさんの頭を撫でようとして手を伸ばします。すると、くまさんが口を開きます。

「あのときの泣き虫冒険者が、ギルドマスターとは驚いたよ」

くまさんが喋《しゃべ》ったのでギルドマスターは驚きます。

「……おまえ、あのときのクマか？」

「久しぶり。お漏らし冒険者」

くまさんがそう言った瞬間、ギルドマスターの顔が青くなりました。

「お漏らしは治った？」

ギルドマスターはくまさんの口を塞《ふさ》ごうとしますが、できません。

「やっぱり、森のクマか」

くまさんとギルドマスターは知り合いのようでした。

そのおかげもあって、女の子はくまさんと一緒に住むことができるようになりました。

「それにしても可愛くなったものだな」

ギルドマスターはくまさんの頭を撫でようとします。

くまさんはその手に噛《か》みつこうとしますが、避《よ》けられます。

ギルドマスターは笑い、くまさんは悔しそうな顔をします。

女の子もおかしそうに笑みが出ました。

そして、母親は冒険者ギルドで働けるようになりました。

母親は冒険者ギルドで仕事を始め、女の子と妹は冒険者ギルドで遊ぶようになりました。

「おまえたちも今後、この女の子とクマには手を出すなよ。そんなことをすれば、冒険者カードを取り上げるからな」

ギルドマスターは、女の子たちを紹介すると、そこにいた冒険者たちに言いました。

冒険者たちは驚きましたが、頷《うなず》きます。

黒いくまさんは母親に、白いくまさんは妹に、くまさんは女の子と一緒にいることになりました。

そして、まだ母親が長い時間働けないのを手伝うため、女の子は魔物や動物の解体作業を手伝うことになりました。

そのうち、冒険者ギルドの中ではクマと一緒にいる女の子として、知られることになりました。

そんなある日、女の子はくまさんが森に行きたいと言うので、近くの森に散歩に行くことにしました。

元の大きさに戻ったくまさんは女の子を乗せて草原を走り、森の中を走っていきます。

くまさんはとても速く走ります。

そして森を抜け、街道を走っていると、くまさんが止まります。

「魔物がいる」

くまさんの言葉に女の子は緊張します。

くまさんの走る速度が遅くなっていきます。

女の子の位置からでも数匹のウルフがいるのが見えました。

「人がいる」

魔物の近くには止まった馬車がありました。

その馬車の近くでは守るように男性が棒を振り回しています。

「来るな」

男性がウルフに向かって棒を振ります。

よく見ると、馬車の近くには母親らしき人が子供に覆い被さるように守っている姿がありました。


ウルフは唸《うな》り声をあげて、馬車の近くの親子に襲いかかろうとします。

母親の腕の中に子供は抱きしめられています。

女の子にはその姿は、街に行く途中で魔物に襲われたときに、お母さんが守ってくれた光景に被りました。

女の子はあの家族を守りたいと思いました。

でも、女の子にはなんの力もありません。

「くまさん、たすけて」

女の子はくまさんにお願いします。

くまさんに危険なことをさせることになります。

でも、女の子は、くまさんにお願いをすることしかできませんでした。

くまさんは女の子の気持ちを受け止め、馬車に向かって走りだします。くまさんはウルフに向かって唸《うな》り声をあげます。

ウルフがくまさんに襲いかかろうとします。くまさんはさらに威嚇《いかく》するように唸るとウルフは逃げていきます。

女の子は安堵《あんど》の表情を浮かべます。

「大丈夫ですか？」

女の子は襲われていた家族に声をかけます。

「くま！」

父親が棒をくまさんに向けます。

女の子はくまさんが危険でないことを説明します。

父親はくまさんに危険がないと分かると棒を下ろしてくれました。女の子はお礼を言われます。

なんでも、家族は街に果物を運ぶところだったそうです。それが馬車の車輪が溝にはまって動けないところをウルフに囲まれてしまい、逃げられなくなったそうです。

父親は車輪を見て、困った顔を浮かべます。

馬が力を込めてひっぱりますが、溝にはまった車輪は動きません。

「くまさん……」

女の子がくまさんにお願いすると、くまさんは馬車の後ろに移動します。そして後ろから馬車を押すと、馬車の車輪が溝から抜け出しました。

これで馬車は動くことができます。

父親からお礼を言われ、お礼として女の子は果物をもらいます。

ギルドにいる母親と妹にお土産ができて喜びます。


後日、女の子とくまさんが家族を救ったことが冒険者ギルドに広まりました。あの救った家族が街に来て、くまさんのことを尋ねたそうです。

くまさんが大きくなれることはギルドマスターの口によって冒険者ギルドの中では知られていたので、冒険者ギルドではすぐにクマの女の子ってことだと気づかれました。

女の子は母親から危険なことをしてはダメだと怒られました。


それから数日後、女の子はギルドマスターに呼ばれます。

女の子に依頼が来ました。

女の子はくまさんを抱きながら不思議そうな顔をします。

女の子は冒険者ではありません。普通は依頼が来ることはありません。

でも、ギルドマスターの話を聞いて女の子は驚きます。

依頼をしてきたのはこの街で一番偉い領主様でした。

だけど、ギルドマスターは安心だから、行っても大丈夫だと言います。

そのときはくまさんと一緒に行くように言われました。

「頼んだぞ」

くまさんが一緒なら安心です。

ギルドマスターはくまさんに手を出そうとしますが、くまさんは嚙みつこうとします。でも、またしても避けられます。

話を聞いた女の子の母親は心配しましたが、ギルドマスターの言葉もあって、女の子を行かせることにしました。


女の子はくまさんと一緒に、この街の領主様の家に向かいます。

領主様の家はとても大きく、女の子は立ちすくんでしまいます。

「大きい」

女の子が帰りたいと思っていると、門が開き、小さな女の子が顔を出します。

「くま⁉」

扉の内側から出てきたのは綺麗な服を着た金色の髪の女の子でした。女の子の目にはお姫様のように見えました。

金色の髪の女の子が話しかけてきます。

「冒険者のくまさん？」

女の子は一瞬、金色の髪をした女の子がなにを言っているのか分かりませんでした。

話を聞くと、女の子がくまさんを使って魔物を倒したことになっているみたいでした。

女の子は冒険者ではなく、散歩をしていたら、魔物に襲われている人がいたから、くまさんにお願いして、追い払ったことを説明します。

女の子はなにもしていないことを話します。

それから女の子はこのお屋敷に呼ばれたことを話します。

すると、女の子を呼んだのは目の前にいる金色の髪の女の子だといいます。

金色の髪の女の子は、噂《うわさ》になっているくまさんと一緒にいる女の子に会ってみたかったそうです。

女の子はお屋敷に招待され、たくさん、くまさんのお話をしました。

女の子と金色の髪をした女の子は楽しい時間を過ごしました。

女の子に金色の髪をした女の子の友達ができました。

くまさんと少女　4巻　終わり

535　クマさん、絵本を描き終える

わたしは絵本を描きだした。

女の子の家族が頼ったのは冒険者ギルドのギルドマスターだった。

「知り合いはお父さんじゃないんですか？」

フィナが、知り合いがギルドマスターだったことについて尋ねる。

「くまさんと一緒にいる許可がいるから、ここは一番偉い人にしたほうがいいと思ってね」

ここでくまさんが迫害を受ける話を描いても楽しくないし、このあたりは力を持った人を登場させたほうがいい。悪いけど、ゲンツさんだと力不足だ。

「確かにお父さんじゃ、無理ですよね」

そんなことを言ったら、ゲンツさんが可哀想だよ。

でも、わたしもそう思ったから、ギルドマスターにしたので反論ができない。

それにギルドマスターが知り合いだったのは、ティルミナさんが元冒険者だったことも考慮している。

「でも、ギルドマスターがお漏らしって」

フィナがくまさんの言葉に笑みを浮かべる。

「お漏らしは、弱みを得るためだから、実際のギルドマスターとは違うからね」

一応、ギルドマスターの名誉のために言っておく。そもそもギルドマスターの過去なんて知らない。

そして、女の子たち家族は無事にギルドマスターのお世話になる。

「お母さん、冒険者ギルドで働くんですね」

「孤児院もないし、コケッコウもいないからね。それに実際にフィナが冒険者ギルドで働いていたから、合わせる感じだね」

一応、くまさんの案内で、森の中でコケッコウを育てる話も考えたんだけど、商業ギルドが出てきたり、勝手に商売を始めた女の子が嫌がらせを受ける話になりそうだったので、やめた。そんな話を描いても楽しくない。

それに実際の話とかけ離れてしまうと、今後の展開を考えるのが面倒になる。

孤児院やコケッコウの話が絵本に組み込めそうだったら、そのときに描けばいい。

「やっぱり、女の子は解体をするんですね」

母親は冒険者ギルドで働くようになって、女の子も冒険者ギルドでお手伝いをするようになり、解体を覚える。

「そこは、女の子はフィナをモデルにしているからね」

「うぅ……」

フィナは恥ずかしそうにするが、そこはしかたない。女の子はフィナであり、くまさんはわたしでもある。

だから、女の子はフィナのように解体ができるようにする。

「女の子、街の外にお散歩ですか？」

「このあと、ノア役の女の子を出そうと思うんだけど。ちょっと、くまさんに活躍してもらわないといけないからね」

現実だとわたしがいろいろな魔物を倒して、そのことがノアとクリフの耳に入って、２人に呼び出された。それがノアとの出会いだ。

とりあえず、絵本の女の子を領主の娘に会わせるために、女の子とくまさんに少しだけ魔物と戦ってもらって、領主の娘に女の子とくまさんのことが耳に入るようにしたのだ。

「女の子はユナお姉ちゃんみたいに冒険者にはならないんですね」

フィナは残念そうにする。

冒険者にしてほしかったのかな？

「幼いし、本人には力がないからね」

女の子に力がないのは現実のわたしもそうだ。クマ装備がなければわたしに戦う力はない。絵本の女の子もくまさんがいなければ戦う力はない。

でも、初めはクマ使いの女の子として、冒険者にすることも考えた。だけど普通に考えて、母親が許さないような気がしたので、現状では女の子を冒険者にするのはやめた。

それに実際のわたしって、冒険者らしいことをしていない気がする。


そして、絵本は使い回しのネタの、馬車が魔物に襲われるシーンになる。

「もしかして、この馬車の家族って、ミサ様の誕生日パーティーに行くときに会った家族ですか？」

「よく、分かったね」

自分が経験した内容を元に描いている。そのほうがストーリーを考えるのが簡単だからね。

「車輪が溝にはまって、止まっているところが同じだから」

フィナもあのときには一緒にいたから、流石《さすが》に分かったようだ。でも、他の人が読んでも分かることはない。

そして、女の子とくまさんは、魔物に襲われている家族を助ける。

「女の子は逃げないんですね」

「絵本を読んだ子に、困っている人がいたら、助ける気持ちになってほしいからね」

絵本を読んだ子には、自分が助けられたなら同じ境遇の人がいたら、手を差し伸べてほしいと思っている。だからそういう気持ちを込めて描く。

女の子は馬車が魔物に襲われたとき、母親に守られ、くまさんに助けられた。

もし、転んだとき、手を差し伸べてもらえた人は、転んだ子を見たら、手を差し伸べる。

お手伝いをしてもらったら、お手伝いをする。

困っている人がいたら、目を逸《そ》らさずに助けたいって思う気持ちが大切だ。

もちろん、自分のできる範囲の中でだ。自分の手に収まらないことはしてはダメだ。魔物に襲われたところを冒険者に助けられたからといって、冒険者と同じように魔物を倒すことなんてできない。

誰か助けを呼びに行くとか、見捨てないことが大切だ。

だから、絵本には主人公の女の子が自分には助けることができないことを理解し、くまさんに頼む描写を入れる。


それから、女の子とくまさんが魔物を倒した（追い払った）ことが広まり、ノア役の領主の娘の耳に入る。

「ノア様ですね」

「絵本に出してほしいって、お願いされたからね」

それからしばらくすると、女の子とくまさんはギルドマスターに呼ばれ、領主の家に行くことになる。

このあたりもわたしが経験したことだ。

あのときは貴族からの呼び出しだから、嫌だった記憶がある。でも行かなかったら、ノアに会えなかったんだよね。

今、思い出すと懐かしい。

あのわたしとの出会いが、ノアをクマ好きにさせるきっかけになった。そう思うと、人一人の人生を狂わせたのかもしれない。

だけど、わたしは悪くないと思いたい。

そして、ノア役の女の子が登場。金色の長い髪をした女の子だ。

「ふふ、ノア様の絵、可愛いです」

あのときはクリフがいたけど、面倒くさいので絵本では登場をカットする。問題はエレローラさんだ。一緒に家に住んでいてもいいような気がするけど、とりあえず今回登場するのはノアがモデルの女の子だけにする。


そして、主人公の女の子はくまさんを通じて、貴族の女の子と仲良くなる。

このあたりも、フィナとノアのように一般人と貴族が身分の差とは関係なく、仲良くしてほしいという願いを込めている。

最後は女の子2人がくまさんと楽しそうにしている絵で終わる。

「女の子とノア様、笑っています」

女の子と貴族の女の子はくまさんを真ん中にして微笑んでる。

わたしは最後の描き込みをして、絵本が完成する。

「疲れた〜」

「お疲れさまです」

フィナがお茶を差し出してくれる。

「美味しい」

わたしの言葉にフィナは嬉しそうにする。

「ユナお姉ちゃんは、本当に絵が上手です」

わたしが描いた絵を見ながら言う。

「サクラにも言ったけど、練習あるのみだよ。フィナだって、解体は何度も何度もやって覚えたんでしょう。それと同じだよ」

誰だって、初めからできる人はいない。

まあ、一度でできる天才もいるけど。そんなのごく一部だ。

「でも、ユナお姉ちゃん、冒険者としても凄いし、料理もできるし、絵も描けて、困っている人がいれば助けます。ユナお姉ちゃんは凄いです」

「それはわたしがフィナより、少しだけ大人だからだよ。料理は子供のころからやっていたし、絵も暇なときには描いていたからね。それにフィナだって、料理も洗濯も、その年で家事全般できるでしょう」

「それは、お母さんが病気だったから」

「だから、偉いんだよ」

それにわたしの戦闘技術はゲームで学んだものだけど、魔力は神様からもらったものだ。

それにフィナが言うほど、困っている人全てを助けているわけではない。わたしの目が届く範囲で、わたしが助けたいと思った人だけだ。だから、偉いわけではない。

ただ、他の人よりお金を持っており、料理の知識があり、魔法が使え、戦闘技術があっただけだ。

他の人より、救える範囲が広かっただけだ。

わたしより、王族、貴族のほうが救える人の数は多い。

わたしはフィナに出会って救われている。フィナのような優しい女の子に出会っていなかったら、この世界に来てもひねくれていたかもしれない。わたしは手を伸ばしてフィナの頭を撫でる。

「どうして、いきなり頭を撫でるんですか？」

「なんとなく？」

ただ、いろいろと考えていたら、撫でたくなっただけだ。

フィナはわたしの心を分からずにいるので、頭の上には「？」マークが浮かんでいる。

536 クマさん、和の国のお土産を持っていく

フィナには絵本づくりに付き合ってもらったお礼にお菓子を出す。

和の国で買った飴《あめ》細工だ。

大蛇と戦う前に買ったけど、そのままになっていた。

わたしは飴細工が入っている重箱の蓋を開ける。

重箱の中にはいろいろな色のいろいろな形をした飴が入っている。

赤、青、黄色の蝶、鳥、魚、茶色の動物とか。

「綺麗です。これお菓子なんですか？」

「飴細工っていって、甘いお菓子だよ。好きなのを選んでいいよ」

「お菓子……、お魚に果物、動物や鳥もあります」

「これがお菓子なんて信じられないです」

それはわたしも同意見だ。

簡単には真似できない職人技だ。さっきのわたしの絵本もそうだけど、フィナの解体技術も、どれも一朝一夕でできるものではない。

フィナは重箱の中を見つめている。

「ユナお姉ちゃん、これは？」

フィナが見る先にはクマの着ぐるみを着た女の子の飴細工がある。

「飴細工を作ってくれたおじさんが作ってくれたんだよ。これを食べる？」

フィナは首を横に振る。

「ユナお姉ちゃんを食べるのは……」

フィナはそう言って、重箱の中を見ると黄色のヒヨコを選ぶ。クマを選ぶと思ったんだけど、違った。

「舐《な》めてみて」

フィナはヒヨコの飴細工を何度か舐める。

「甘いです」

フィナは美味しそうに舐めはじめ、どんどんヒヨコの形が変わっていく。しばらくするとヒヨコは姿を消していた。

「美味しいけど、なにか悲しくなります」

それには同意だけど、こればかりはしかたない。どんな食べ物だって、食べれば消える。作った人に感謝しながら食べればいい。飴細工を綺麗と思ってくれれば、作ってくれたおじさんも喜ぶ。

それから、フィナにはティルミナさんたちの分を選んでもらう。

「シュリとティルミナさん、ゲンツさんの分を選んであげて」

「選ぶのが難しいです。でも、シュリにはクマさんがいいと思います。それとお母さんとお父さんにはこれとこれを」

ティルミナさんとゲンツさんの分にはリンゴとイチゴの果物の形の飴細工を選んだ。

「それじゃ、これはフィナの分ね」

わたしはクマの飴細工を重箱から取り出し、フィナに渡す。

「でも、わたし、さっき食べちゃったよ」

「それは絵本を手伝ってくれたお礼だよ。それにみんなが食べているところで、一人だけ食べられないのは可哀想だからね。みんなで食べて」

「ありがとう」

フィナは嬉しそうにクマの飴細工を受け取る。

小さい入れ物を出してあげるとフィナは大切そうにしまう。


和の国のお土産を配るため、お店が休みの日、朝早くから外出する。

一番はじめに「くまさんの憩いの店」に向かう。

「くまさんの憩いの店」の2階にはモリンさんとカリンさん親子。それから親戚のネリンが住んでいる。

「ユナさん、おはようございます」

「おはようございます」

カリンさんとネリンさんが出迎えてくれる。

でも、モリンさんは市場に行っているそうでいなかった。

とりあえず、カリンさんとネリンにお土産を渡すことにする。

「これ、お土産」

わたしは風鈴が入った小箱をカリンさんに渡す。

カリンさんは小箱を受け取ると蓋を開ける。隣にいるネリンも一緒に覗《のぞ》く。

小箱の中にはフィナとシュリが選んだ鳥の絵が描かれた風鈴が入っている。

「綺麗」

「これはなんですか？」

ネリンが不思議そうに見ている。

「上の紐《ひも》の部分を持ってみて」

わたしがそう言うと、カリンさんは箱から紐の部分を持って風鈴を取り出す。すると、チリーンと小さく音が鳴る。

「風鈴といって、音を楽しむものだよ」

口で説明するよりは、聞いてもらったほうが早い。

わたしはカリンさんに風鈴を持ってもらうと、風魔法で軽く風を起こす。すると風鈴はチリーン、チリーンと綺麗な音を奏でる。

「綺麗な音ですね」

「それにガラスが透明で綺麗」

カリンさんとネリンは風鈴をジッと見ている。

「風でなびくと鳴るから、窓際に置くといいよ」

「ユナちゃん、ありがとう。飾らせてもらうね」

「でも、1個だけなんですか？」

ネリンさんが風鈴を見ながら尋ねる。

「何個もあると、逆にうるさく聞こえるからね。お店に一つで十分だと思うよ」

「そうなんですね」

カリンさんとネリンはどこに置くか話し始める。

「取られないようにしてね」

クマの置物をお持ち帰りしようとしたお客さんもいた。

「そうですね。気をつけないといけないですね」

「モリン叔母さんに相談したほうがいいかも」

カリンさんとネリンは嬉しそうに風鈴を見ている。気に入ってもらえたようでわたしも嬉しい。

　そして、わたしはもう一つのお土産を出す。

「あと、ここから好きなのを一つ選んで」

　重箱にいろいろな飴細工が入っている。

「これも綺麗だけど、飾りなの？」

「これは飴細工といって、舐めるお菓子だよ。甘くて美味しいよ」

「食べ物なの？」

「でも、どうして、ユナさんがいるんですか？」

　女の子がクマの着ぐるみを着ているのを見ながら言う。

　もう、クマの着ぐるみを着ているだけで、わたしになるんだね。

「わたしを見て、作ってくれたんだよ」

　カリンさんとネリンは不思議そうにクマの着ぐるみの飴細工を見ていたが、選ばずに花の飴細工を手にする。カリンさんは赤色、ネリンは黄色。

　2人はジッと飴細工を見つめてから、ペロッと飴細工を何度か舐める。

「甘い。こんなお菓子もあるんですね。まさか、これをお店に出すとか……」

「言わないよ」

　わたしの言葉にカリンさんはホッとする。

本来はパン屋だったのが、ピザやポテトチップスが増え、ケーキまで作るようになった。流石《さすが》のわたしも飴細工で商売をしようとは思わない。

そもそも、簡単に飴細工を作ることはできない。これは職人がなせる技だ。

「お出かけした場所に売っていたから、買ってきたんだよ。珍しいお菓子と思ったから」

「王都でも見たことがないです」

「わたしが住んでいた街にも見たことがないです」

まあ、和の国のお菓子だからね。

可能性はゼロではないと思うけど、この国では珍しいお菓子だと思う。

「それに、これは職人技だから、簡単には作れないから、店には出せないよ」

それから、モリンさんの飴細工を選んでもらい、アンズたちが住んでいる「くまさん食堂」に向かう。


「あれ、ユナさん。朝食ですか？　なにか作りますか？」

出迎えてくれたアンズが、わたしの姿を見た早々にそんなことを言う。

そんなにわたしって、食べに来ているかな？　自分で作ったり、クマボックスに入っているパンなどを食べているから、そんなに多くはないはず。

「ううん、大丈夫。ちょっとお土産を持ってきたから、渡そうと思って、みんなはいる？」

「いますよ。フォルネさんとベトルさんは部屋でのんびりしていると思いますが、セーノさんはまだ寝ていると思いますよ」

早い時間とは言わないけど、もう起きていてもいい時間だ。

「セーノさんの最近のお気に入りは二度寝らしいです」

「くまさんの憩いの店」と一緒で今日は定休日だ。

わたしも二度寝は好きだけど、せっかくの休日にいいのかな？　セーノさんは若いんだから、どこかに出かけるとか、デートに行くとか、いろいろと休日にやることがあると思うんだけど。

まあ、休日だから二度寝ができるって話だけど。

セーノさんはともかく、アンズはちゃんとデートするような相手はいるのかな？

アンズの父親デーガさんにアンズの結婚相手を探すように頼まれている。

「なんですか？」

わたしがアンズの顔をじっと見ていたら、気になったのか尋ねてくる。

「アンズは休日にどこかに出かけたりはしないの？」

「もちろん、行きますよ。ミリーラの町と違っていろいろな食材がありますから、クリモニアの街を歩くのは楽しいです」

目を輝かせながら言う。

うん、これはダメだ。

デーガさん。わたしにアンズの結婚相手を見つけることはできそうもないよ。アンズの結婚相手が見つかるまで気長に待ってもらうことにしよう。わたしとしてもアンズが結婚して、お店を辞められても困るしね。

「それで、みんなを呼んでくればいいんですか？」

「ううん、大丈夫。アンズが渡してくれればいいよ」

わたしが風鈴が入った小箱を差し出すと、アンズは受け取る。

「開けてもいいですか？」

「いいよ」

アンズが小箱を開けると金魚の絵が描かれた風鈴が出てくる。

「これは風鈴ですね」

「知っているの？」

「はい。和の国のものですね。商人が売っているのを見たことがあります。もしかして、ミリーラの町で買ってきたんですか？」

「まあ、そんなところかな……」

目を軽く逸《そ》らしながら、答える。

流石に和の国に行って買ってきたとは言えない。

「綺麗な音がするんですよね。でも、高いから買えなかったんです。こんな高いものをもらってもいいんですか？」

　作っている和の国で買ったから、安かったんだよ。とも言えない。

「気にしないでいいよ。アンズたちがいつも頑張ってくれているお礼だから」

「ありがとうございます。それじゃ、ありがたくもらいますね」

　アンズは嬉しそうに風鈴を眺める。

「あと、これも一緒に買ってきたから、好きなのをみんなの分一つずつ選んで」

　わたしは飴細工が入った重箱を出す。

「これはなんですか？」

　どうやら、飴細工は知らなかったみたいだ。

「甘いお菓子だよ」

「これ、お菓子なんですか？　魚ですよ。果物もありますし、動物も。これは……」

　とある飴細工を見ている。それはクマの着ぐるみを着た女の子の飴細工。

「ユナさんがお菓子になったんですか？」

　やっぱり、「クマの着ぐるみの女の子＝わたし」、なんだね。

　否定はできないけど。

「そこは気にしないで、これにする？」

「いえ、それはちょっと」

アンズはそう言うと、他の飴細工に目を向ける。

そして、自分の分を含め5つの飴細工を選ぶ。

魚、花、鳥、蝶、ウルフっぽいもの。全部違う種類を選んだ。

「みなさんにも、いろいろなものを見せてあげたいので」

ということらしい。

あとで、みんなでこの中から選ぶそうだ。


「くまさん食堂」を後にしたわたしは孤児院に向かう。

孤児院に到着すると年長組の子供たちはコケッコウのお世話をしていた。

わたしは邪魔にならないように孤児院の中に入り、院長先生がいる部屋に向かう。

「ユナさん、いらっしゃい」

院長先生は幼い子たちのお世話をしている。子供たちは院長先生に寄り添う感じに寝ている。

院長先生の傍だと安心できるのかな。

「今日はどうかしましたか？」

「ちょっと、出かけてきたのでお土産を持ってきました」

「いつも、ありがとうございます。ユナさんにはお世話になってばかりで」

「そんなことはないよ。院長先生は子供たちのお世話をしているし、その子供たちは一生懸命に仕事をしているんだから」

「それもユナさんのおかげです」

気恥ずかしいので、話は打ち切り、クマボックスから風鈴が入った小箱を取り出す。そして、小箱を開け、院長先生に見せる。

「窓際などに飾ってください。風が吹くと綺麗な音がなりますから、暑いときに聞くと、気分が落ち着きますよ」

わたしは小箱から風鈴を一つ出して、チリーンと鳴らしてみる。

「綺麗な音ですね」

「気に入ってもらえたなら、嬉しいです。いくつかあるので、飾ってください」

孤児院用は他と違って多く買ってきた。

「子供たちも喜びます。ありがとうございます」

風鈴を小箱に戻し、院長先生に渡す。

それから、子供たちの人数分と院長先生、リズさん、ニーフさんの分の飴細工を置いていく。分けるのは院長先生にお願いする。仕事が終わるまで待っているのもなんだし、寝ている子もいる。

それに院長先生なら、子供たちが喧嘩《けんか》をしないように渡せるはずだ。

ちなみに院長先生は不思議そうに飴細工を見ていた。

やっぱり、食べ物とは思わなかったらしい。

ちなみに、クマは争いになるので、クマ以外となった。

今回もクマの着ぐるみの女の子が選ばれることはなかった。


孤児院を後にしたわたしはノアのところに向かう。

ノアの家に到着するとメイドのララさんに案内され、ノアの部屋に案内される。

「ユナさん、いらっしゃい！」

わたしが部屋に入ると、ノアは嬉しそうに駆け寄ってくる。

部屋にはくまゆるとくまきゅうのぬいぐるみが飾られている。その横には絵本が置かれている。

クマグッズコーナーだね。

「今日はどうしたんですか？」

「ちょっとお出かけしてきたから、お土産を持ってきたよ」

「お土産ですか？」

わたしは風鈴が入った小箱をノアに渡す。

「ありがとうございます。開けてもいいですか？」

「いいよ。気に入ってくれればいいけど」

「ユナさんからのプレゼントなら、なんでも嬉しいです」

と言ったのに、数十秒後には……

「どうして、クマさんの絵じゃないんですか！」

ノアにプレゼントした風鈴は青い魚の絵が描かれたものだ。

「わたし、クマさんの絵がよかったです。ユナさん、描いてください！」

「無理を言わないで」

とは言ったけど、何も描いていない風鈴があればできるのかな？

ガラスに描けばいいだけだから、できなくはないはずだ。

「それじゃ、ノアはクマじゃないから、いらないんだね」

「いります。わがままを言ってごめんなさい」

風鈴を取り上げようとすると、ノアは風鈴が入った小箱を胸に抱え込んで取られないようにする。

「ララ、これを窓に飾ってください」

「かしこまりました」

ララさんは台を持ってきて足場にすると、窓の上のほうに風鈴を取り付ける。

すると、窓から風が吹き込み、チリーン、チリーンと綺麗な音色を奏でる。

「綺麗な音ですね」

「これがクマさんでしたら、最高でした」

やっぱり、ノアがここまでクマ好きになったのはわたしが原因だよね。

「あと、これ好きなのを選んで」

わたしは飴細工が入った重箱を出す。

かなりの数が減ってしまったが、まだ残っている。

「クマさんがあります！　それとユナさんも！　両方ください」

初めて両方とか言われた。

「一つだよ」

「うぅ、それなら、クマさんにします」

ノアは普通のクマを選らぶ。

「どこに飾りましょうか」

「ちゃんと、食べるんだよ」

「もったいなくて、食べられません」

「それじゃ、持って帰るよ」

あのクマのグッズコーナーに置かれでもしたら困る。

「ユナさん、意地悪です」

「別に意地悪で言っているわけじゃないよ。お菓子だから、食べないとダメだよ」

わたしはノアがクマの飴細工を食べるまで、待った。

「美味しかったですけど、クマさんがいなくなってしまいました」

残念そうにするが、食べ物だからそればかりはしかたない。

ちなみにララさんにも食べてもらったけど、ノアと同じ感想だった。

それから、ノアにはもう一つのプレゼントというか、見せるものがある。

「絵本を描いたから、ノアに見てもらおうと思うんだけど」

気分を入れ替えて、新しく描いた絵本を出す。

「絵本ですか！」

「うん。でも、これはフローラ様に渡すからあげられないよ。見るだけだよ」

「それでも構いません。でも、新しい絵本も複写するんですよね」

「そのつもりだよ」

孤児院の子供たちに渡す予定だから、エレローラさんに頼むつもりだ。

「できたら、1冊ください」

まあ、そう言うよね。

わたしは約束して、フィナと一緒に描いた絵本をノアに渡す。

ノアはパラパラと絵本を捲《めく》っていく。

そして、貴族の女の子が出てきたところで手が止まる。

「この貴族の女の子がわたしですか？」

「絵本に出してほしいって言っていたからね。ダメだった？」

ノアは首を横に振る。

「嬉しいです」

ノアは嬉しそうにしながら最後まで読む。

「女の子と友達になるんですね」

「現実でも、フィナ《女の子》とノア《貴族の女の子》は仲良しだからね」

わたしの言葉にノアは嬉しそうにする。

537 クマさん、ポップコーンを作る

さて、できるかな？

わたしは干しておいたトウモロコシを見る。タールグイの島から採ってきたトウモロコシを乾燥させておいたのだ。触ると堅い。ちゃんと乾燥はしているみたいだ。

わたしはフライパンを用意し、火をおこし、油をひき、乾燥したトウモロコシの粒を入れる。初めは実験なので粒は少量にする。

軽くフライパンの中でトウモロコシの粒を転がす。

これで上手くいけば爆発して、ポップコーンができるはずだ。

ポップコーンを作るには普通のトウモロコシではダメだ。

だから、この品種で成功するかどうかはやってみないと分からない。

フライパンの前でトウモロコシの種がポップコーンになるのを待つ。

フライパンの上にあるトウモロコシの粒を見て、気づく。

……おっと、見ている場合じゃない。蓋をするのを忘れるところだった。わたしは慌ててフライパンに蓋をする。

ポップコーンはできる瞬間、弾け飛ぶ。

確か、種の中にある水分が膨張して爆発するんだっけ？

もし、このトウモロコシからポップコーンができるなら、蓋をしないと大変なことになる。

でも、蓋をするとポップコーンができ上がる瞬間を見ることができないのは残念だ。

屋台で見たことがあるように、飛び出さないような囲いを作れば、大丈夫かな？

そんなことを考えていると、フライパンの中で「ポン！」と弾ける音がする。一つが弾けると次から次へと「ポン！　ポン！」と音を立てて何度も弾ける。

おお、嬉しいことにポップコーンができる品種だったみたいだ。

何度も「ポン！」「ポン！」と音がする。

フライパンの中では無事にポップコーンができているみたいだ。

蓋を開けて確かめたいのをグッと我慢する。下手に蓋を開けると大変なことになるのは目に見えている。

フライパンを軽く動かしながら音が止むのを待つ。

しばらくすると音が止む。

もう、いいかな？

わたしは火を止め、ゆっくりと蓋を開ける。

おお、できている。

全ての粒とはいかなかったけど、ちゃんと白いポップコーンができている。

わたしはポップコーンにパラパラと塩を振りかけて、お皿にのせる。

さて、味のほうはどうかな？

わたしはポップコーンを数粒つまむと口の中に入れる。

「あつっ！」

クマさんパペットのせいでつまんだときは気づかなかったけど、ポップコーンはできたばかりだったので熱かった。

だけど、口の中に入ったポップコーンはわたしが知っているポップコーンだった。

わたしは今度は気をつけながら口に入れる。うん、懐かしい味だ。ポテトチップスに続き、スナック菓子が増えた。

これでコーラとテレビがあったら完璧だったね。アニメでも見ながら、優雅な一日が過ごせたのに。せめて、漫画か小説があれば、引きこもりの日常が戻ってきたけど残念だ。

でも、上手に作れてよかった。わたしは口の中にポップコーンを放り込む。

塩味以外にもカレー味やチーズ味も作れそうだね。あと、醬油もあるから、醬油バター味とかもいいかも。スナック菓子のパッケージを思い出しながら考える。

まだ、トウモロコシの粒は残っているから、いろいろと作ってみるのもいいかもしれない。

そう思ったわたしは味見係として、フィナを召喚することにする。

わたしは召喚道具、クマフォンを出す。

「ああ、フィナ。今、大丈夫？　うん、待っているから、それじゃ、すぐに来てね」

クマフォンって便利だね。

元の世界じゃ、スマホは持っていても、通話機能はほとんど使っていなかった。この世界に来て、遠く離れた人と会話ができるのは便利だと再認識する。

わたしはフィナが来る前にポップコーンを作ることにする。

のんびりとポップコーンを作っていると、息を切らしたフィナがやってきた。

「ユ、ユナお姉ちゃん、それでなんですか？」

そんなに息を切らして、走ってこなくてもよかったのに。わたしは額に汗をかいているフィナにタオルを出してあげる。

「お菓子を作ったから、味見をしてもらおうと思ってね」

「うぅ、それならそう言ってください。いきなり、今大丈夫？　って聞かれて、大丈夫って答えたら、すぐに来てって言われたから」

そんなこと言ったっけ？　言ったような気もするけど、とりあえずフィナを椅子に座らせ、冷えた果汁を出してあげる。フィナが果汁を飲んで落ち着くと、お皿の上にのせたポップコーンをフィナの前に置く。

「これはなんですか？」

フィナはポップコーンを見て、尋ねてくる。初めて見るお菓子だからしかたない。

「ポップコーンっていうお菓子だよ。いろいろな味を作ってみたから、食べてみて」

「えっと、スプーンは？」

「スプーン？」

「フォークでも」

まさか、ポップコーンを食べるのにスプーンやフォークがほしいと言われるとは思わなかった。

確かに何も知識がなければ、必要と思ってもしかたないかもしれない。

ポップコーンを食べたあとってポテトチップスと同じように指がべたつく。手が汚れないように箸《はし》とかで食べる人もいるけどスプーンとフォークを使う話はあまり聞いたことがない。

「ポテトチップスみたいに手で食べるといいよ」

フィナは自分の手を見てから、手でポップコーンをつまみ、口の中に入れる。

「どう？」

「塩の味がします」

だよね〜。

基本、ポップコーンに味らしい味はない。

「でも、柔らかくて、不思議な感じです。でも、堅い部分もあります」

ああ、粒っていうか、たまに堅い部分もあるよね。

「いろいろと味つけをしたから、食べてみて」

カレー味や醤油味、チーズ味もある。

「どれも美味しいです」

「よかった」

「これって、材料はなんなんですか？」

「トウモロコシだよ。前に食べたよね」

前にシュリとタールグイに行ったときに採ってきたトウモロコシをテーブルの上に出す。

「はい、茹《ゆ》でて食べたら美味しかったです。このあいだ和の国でバーベキューをしたときにも食べました」

「まあ、あれと、ちょっと違う種類なんだけど。その粒を乾燥させてから作るんだけど」

わたしは乾燥させたトウモロコシの粒を見せる。フィナはトウモロコシの粒を触る。

「凄い堅いです。これがあんなに柔らかい白いものになるんですか？」

論より証拠。わたしはフィナの前でポップコーンを作って見せる。

火にかけたフライパンに油を引いて、乾燥したトウモロコシの粒を入れる。そして、蓋をする。

しばらくすると「ポン！」と音がして、フィナが驚く。さらに「ポン、ポン、ポン」と連続で音がしてさらにフィナは驚く。

フィナの驚く顔を見ていると笑みがこぼれる。

「ユナお姉ちゃん、凄い音がしているよ。いいの!?」

「いいんだよ。今、蓋を取ると大変なことになるからね」

本当なら、ガラスの蓋でポップコーンになるところを見せてあげたかった。

見せるだけなら、一粒だけでいいかもしれない。

音がしなくなり、蓋を開けるとトウモロコシの粒は消え、白いポップコーンに変わっている。

フィナは不思議そうにフライパンの中を見ている。

「今度は少しだけ入れるから見てて」

わたしはでき上がったポップコーンをお皿に移し、3粒ほどフライパンに入れる。

今度は蓋をしないでポップコーンを作る。

そして、しばらくすると、「ポン!」と音がして、ポップコーンは跳ね上がり、フライパンの上から飛び出し、キッチンの上に転がる。

「まあ、こんな感じになるから、蓋が必要なわけ」

「あの堅い粒がこうなるなんて不思議です」

フィナは不思議そうにポップコーンを見ている。

それから、残ったポップコーンは一緒に来ることができなかったシュリへのお土産として、持って帰ってもらう。もちろん、ティルミナさんやゲンツさんに食べてもらっても構わない。

ただ一言、フィナに言っておく。

「別にお店に出すつもりはないって、ティルミナさんに言っておいてね」

ティルミナさんは新しい食べ物を見ると、お店に出すのか心配するので、伝えておいてもらう。

これ以上、お店の仕事を増やしたら、子供たちが大変なことになるし、パン屋がおかしなほうに行ってしまう。出すなら、学園祭の出し物や、屋台かな？

538　クマさん、王都に行く

ポップコーンを作った翌日、わたしは絵本や和の国のお土産をフローラ様に渡すためにクマの転移門を使って王都に向かう。

王都は和の国に行く前に来ているから、それほど日にちは経っていないはずだけど、懐かしく感じる。

これも和の国でいろいろとあったからかな。

それにしてもクリモニアに戻ってきたときも思ったけど、文化が違うと建物も服装も違う。

和の国は京都にいるような感じだったけど、こっちは洋風のゲームの中って感じだ。

でも、和の国も王都も同じことがある。それはこれだ。

「くま?」「クマ?」「熊?」「ベアー?」と声が聞こえてくる。

クマの着ぐるみ姿が珍しいのは万国共通らしい。そんなところだけ、同じじゃなくてもいいのに。もっとも、周りが着ぐるみを着た人だらけだったら嫌だけど。

わたしはクマさんフードを深く被り、周囲の視線を無視しながらお城に向かう。

そして、いつもどおりにお城の門にやってくると、兵士に声をかける。

「フローラ様に会いに来たんだけど、いい?」

兵士の許可をもらうと、一人の兵士が走っていく。

いつもの光景だ。

お土産は飴《あめ》細工があるからいいけど、食べ物がなかったら、どうするんだろう？

そんなことを気にしながら、まっすぐフローラ様の部屋に向かう。

すれ違う人に軽く頭を下げながら部屋に到着すると、ドアをノックして、声をかける。

「ユナです。入ってもいいですか？」

「ユナ!?」

部屋の中で走る音がする。そして、ドアが勢いよく開いた。

ドアから現れたのはフローラ様でもなければアンジュさんでもなかった。

「ティリア？」

ドアから顔を出したのは学園祭のときに会ったティリアだった。

ティリアはフローラ様の姉で、国王の娘。王女様だ。

「ユナ、いらっしゃい」

「どうして、フローラ様の部屋にティリアがいるの？」

ティリアは王女様だけど、呼び捨ての許可をもらっている。

本人からそう呼んでほしいと言われたのだからしかたない。

「妹の部屋ぐらい遊びに来るわよ。それでユナはフローラに会いに？」

「ちょっと、お土産を持ってね」

「ユナって、フローラに甘いよね」

「そんなことはないよ」

わたしは否定をして、部屋の中に入る。

「くまさん！」

部屋の中に入ると、フローラ様がわたしを見て、駆け寄ってくる。そして、わたしの柔らかいおなかに抱きついてくる。

訂正、わたしが着ているクマ服の柔らかいおなかに抱きついてくる。

わたしのおなかとクマ着ぐるみのおなかでは天と地の差がある。わたしはフローラ様の頭を撫でる。

「元気にしていましたか？」

といっても2週間ぶりぐらい？

「うん！」

フローラ様は元気に返事をする。そんなフローラ様の腕の中にはくまきゅうぬいぐるみがちゃんといる。こうやって、ちゃんと使われているのを見ると嬉しいね。

「ユナ様、いらっしゃいませ」

アンジュさんが挨拶《あいさつ》をしてくる。

アンジュさんも一緒だったみたいだ。

「お邪魔しますね」

「いえ、フローラ様もお喜びになられますから、いつでも歓迎しますよ。それではお茶を用意しますので、フローラ様をよろしくお願いします」

アンジュさんは軽く頭を下げると、お茶の用意に向かう。

わたしはフローラ様を連れて椅子に移動する。そのあとをティリアがついてくる。

「本当にフローラはなついているわね。フローラ、ユナのこと好き？」

「うん、くまさん、だいすきだよ」

そうハッキリと言われると、少し恥ずかしいものがある。

でも、クマの着ぐるみを脱いだら、同じことは言われないんだろうね。

ゆるキャラが好きであって、中身は関係ないかもしれない。そう考えると、落ち込むかも。

「それで、今日は何を持ってきたの？」

「絵本の続きと、少し遠出したときに珍しいものが手に入ったから」

絵本とは別に和の国で手に入れた飴細工と風鈴を渡すつもりだ。

「えほん!?」

フローラ様が反応する。やっぱり、絵本を楽しみに待っててくれたのかな？

「遠くって、どこかに行っていたの？」

「まあ、ちょっとだけ」

流石《さすが》に和の国のことは説明ができないので、誤魔化す。

「そういえば、ティリアはどうしているの？　学校は？」

「休みだよ」

だから、私服なんだね。

私服といっても、一般庶民が着ているような服ではない。

ドレスとは違うけど、王族らしい綺麗な服だ。

まあ、お姫様だからといって、普段からドレスなんか着ないよね。

絵本を先に渡そうと思ったけど、絵本に集中して、風鈴に興味を持ってくれなかったら悲しいので、先に風鈴を渡すことにする。

クマボックスから風鈴が入った小箱を取り出す。フローラ様が小さく首を傾《かし》げて、尋ねてくる。

「えほんが、はいっているの？」

「絵本は入っていませんよ」

わたしは小箱の蓋を開ける。中から透明のガラスに赤色の花が描かれた風鈴が出てくる。

フローラ様が小さな体を伸ばして、箱の中を覗《のぞ》き込む。

「これ、なに？」

「風鈴という、風が吹くと、揺れて音が鳴るものですよ」

わたしは箱から風鈴を取り出し、軽く揺らして音を鳴らしてみる。

チリーン、チリーンと鳴る。

「きれいな、おと」

「窓際に飾ると、風で揺れて音が鳴りますよ」

もう一度揺らしてみせる。

「本当に綺麗な音がするのね。わたしのはないの？」

ティリアが物欲しそうな表情でわたしを見る。

「……ないよ」

わたしは目を逸《そ》らしながら答える。

ティリアの分は考えていなかったからしかたない。

「やっぱり、ユナはフローラに甘い」

わたしはティリアの言葉は聞き流し、お茶を運んできたアンジュさんに話しかける。

「アンジュさん、あとで部屋の窓際に飾ってもらえますか？　もし、音がうるさかったら、外してても構いませんから」

風が強いと風鈴の音も騒音になる。そよ風ぐらいがちょうどいい。

「はい、分かりました」

あとでいいと頼んだけど、アンジュさんは、さっそく取りかかってくれる。

アンジュさんは椅子を窓際に運ぶと、椅子の上に立ち、風鈴を窓際につけてくれる。内側につけたので、窓が開いているときだけ、音が鳴るようになる。

みんな、風鈴がついている窓際を見る。

チリーン、チリーンと風鈴が風に揺れて音が鳴る。

夏って感じだね。家に風鈴なんてなかったのに、風鈴の音を聞くと、夏って感じるのは、やっぱりわたしは日本人ってことだね。

風が吹いてチリーンと鳴るとフローラ様も嬉しそうにする。

わたしたちはアンジュさんが淹れてくれたお茶を飲みながら、風鈴の音色を聞く。

そして、もう一つ和の国で買ってきたお土産をクマボックスから取り出す。

「何が入っているの？」

「お菓子だよ」

ティリアの質問に答える。

「ふふ、やっとユナのお土産を食べることができるわね。いつも、わたしがいないときに来るから」

ティリアは学生だ。わたしが来るときは学園に行っていることが多いから、会えないのはしかたないことだ。

わたしが飴細工が入った重箱の蓋を開けると、中にはいろいろな形をした飴細工が入ってい
る。孤児院の子供たちに配ったりしたけど、屋台にあった飴細工を全て買ったので、まだ余っ
ている。

ティリアとフローラ様が重箱の中を覗く。

「綺麗」

「わぁ、おはなと、とりさんだ」

「果物や魚もいるわね。これ、食べ物なの？」

「砂糖菓子になるのかな？　舐めて食べるんだけど、甘くて美味しいよ」

わたしは重箱の中から一つの飴細工を手にする。

クマの着ぐるみの形をした飴細工だ。少し、恥ずかしいけどフローラ様に差し出す。

「くまさんだ」

「ユナの形をしているね」

「まあ、わたしをモチーフにして作ってもらったから」

「フローラ、よかったね」

でも、フローラ様はクマの着ぐるみの飴細工を手に持ったまま、ジッと見ている。

「どうしたの？」

「くまさん、たべるの？」

「お菓子ですから」

もしかして、これってノアと同じ感じ？

「たべたら、きえちゃう？」

「食べれば、消えますね」

「うぅ、たべない」

フローラ様はクマの着ぐるみの飴細工をわたしに返す。

「それじゃ、わたしが食べようかな」

「くまさん、たべちゃ、だめ！」

クマの着ぐるみの飴細工に手を伸ばすティリアにフローラ様は声をあげる。

「分かったから、そんなに声をあげないで、食べないから」

「ほんとう？」

「本当だよ」

わたしが食べられちゃうと可哀想と思ってくれるのは、少し嬉しい。

「それじゃ、2人とも好きなものを選んで」

わたしがそう言うと、ティリアは赤いお花の飴細工を手にする。

「フローラ様も、どうぞ」

わたしは重箱をフローラ様の前に差し出す。

フローラ様は「うぅ、うぅ」と悩みながら、ティリアと同じお花の飴細工を手にする。お姉ちゃんと一緒がいいのかな？　色は青だ。

フローラ様はそのまま口の中に入れて、舐める。

「あまい」

フローラ様は満面の笑みを浮かべる。

「だけど、本当に綺麗。食べるのがもったいないね」

「食べ物だから、食べないほうがもったいないよ」

飴細工は芸術作品だけど、食べ物だ。食べないと作った人にも悪い。

ティリアは飴細工を口に入れると、フローラ様と同じ反応をする。姉妹だね。

「アンジュさんも、どうぞ」

「よろしいのですか？」

「もし、今、食べるのがいけないようだったら、後で食べてください。よかったら、お子さんの分もいいですよ」

「ありがとうございます」

アンジュさんは申し訳なさそうにしていたが、同時に嬉しそうにしていた。

それから、ゼレフさんの分の飴細工も渡しておく。ちなみに、レシピはないことを伝えてもらう。

わたしが作ったわけじゃないから、レシピはない。あとで尋ねられても困るからね。

わたしも飴細工を手にして食べていると、ノックもなくドアが開く。お約束の国王陛下の登場だ。隣には王妃様の姿もある。

この国、本当に大丈夫なのか不安になってくる。

そして、風鈴の音がチリーン、チリーンと鳴る。

「なんだ。この音は？」

「ユナのお土産だよ」

ティリアが窓際に飾ってある風鈴に目を向ける。風が吹き、チリーン、チリーンと鳴る。

「いい音だな」

「音を楽しんでもらうものだからね」

風鈴の音を聞きながら、国王陛下と王妃様は椅子に座る。そして、テーブルの上にある重箱を見る。

「間に合ったようだな？」

国王は重箱を覗き込んだ瞬間、顔をしかめる。

「これはなんだ？　花に魚？　動物に果物？」

「飴細工ってお菓子だよ。砂糖菓子って言ったほうが分かるかな？」

ティリアにした同じ説明をする。それしか、説明のしようがない。

「すごく、あまくて、おいしいよ」

フローラ様が満面の笑顔で国王に教えてあげる。

「好きなのを選んでいいよ。いろいろな形や色があるけど、味は同じだから」

国王陛下と王妃様は悩みながらも飴細工を手にする。

「美しいわね」

「クマでいるな」

「あら、この女の子はクマの格好しているわね」

2人はクマを見てから、クマの格好している女の子の飴細工を見る。

「でも、本当にお菓子なのか？　俺を騙《だま》していないか？」

2人とも、飴細工の美しさに食べ物だということを疑っている。

「食べれば分かるよ」

国王は鳥の飴細工を手にすると不思議そうに見ている。

「あら、美味しい。本当に砂糖菓子みたいに甘いわね」

国王陛下が戸惑っている隣で、王妃様が飴細工を口に入れている。

それを見た国王陛下も食べ始める。

539 クマさん、シアに会いに行く

国王陛下や王妃様、ティリアは遠慮なく2個目の飴細工に手を伸ばす。

残っているからいいけど、糖分のとりすぎはよくないので飴細工が入っている重箱はしまう。

国王陛下は残念そうにしたが、大人になってからの甘いものは気をつけないといけない。

わたしはフローラ様が1個目の飴細工を食べ終わるのを見て、クマボックスから絵本を取り出す。

「新しい絵本です」

絵本を差し出すと、フローラ様は嬉しそうに受け取ってくれる。

「くまさん、ありがとう」

フローラ様は満面の笑みを浮かべると、絵本を読み始める。

「例のクマの絵本？」

ティリアは椅子から立ち上がると、フローラ様のところに移動する。

「フローラ、少しだけ、見せて」

ティリアは絵本に手を伸ばす。

でも、フローラ様は体を張って絵本を守ろうとする。

「とっちゃだめ！」

「少しだけ」

「だめ！」

「それじゃ、一緒に見させて、それならいいでしょう？」

ティリアがお願いすると、フローラ様は絵本とティリアを交互に見る。

「うん、いいよ」

ティリアはフローラ様の頭を撫でて、椅子をフローラ様の隣に運んで座る。そして、一緒に絵本を見始める。

仲良し姉妹だ。

「ぼうけんしゃ？」

フローラ様が呟《つぶや》く？

どうやら、冒険者のことが分からないみたいだ。

「えっと、魔物を倒す人のことだよ」

隣にいたティリアが教えてあげる。

まだ、フローラ様には冒険者とか難しかったのかもしれない。

でも、ティリアの説明でもフローラ様は分からない感じだ。

ティリアは少し考えて、なにか思いついた表情をする。

「フローラを守ってくれる騎士みたいなものだよ」

「きし？」

「うん、騎士」

「戦う人だよ」

そこまで言って、フローラ様も理解したみたいだ。

わたしが知っている常識でも、幼いと知らないこともある。

まあ、そのあたりは一緒に読んでくれる人が教えるはずだ。

それからも、フローラ様はティリアに尋ねながら絵本を読み続ける。

「アンジュさん、あとでエレローラさんに複写してもらってください」

「はい、後でお伝えしておきます」

わたしの言葉に新しいお茶を淹れていたアンジュさんが嬉しそうにする。アンジュさんも絵本が欲しかったんだね。

「そういえば、エレローラさんは？」

いつもなら、国王陛下と一緒にやってくる。でも、今日は来ていない。

「あいつは、仕事だ。今日は外に出ているはずだ」

仕事しているんだ。珍しいこともあるものだ。もしかして、雨が降るかもしれない。

でも、来ないってことはエレローラさんの分の飴細工を用意したほうがいいかな？　あとで文句を言われても困るし。

飴細工を食べた国王陛下は仕事に戻っていき、王妃様も用事があるそうで、部屋から出ていった。

アンジュさんは飴細工を持って、ゼレフさんのところに向かった。

わたしはフローラ様とティリアの願いもあって、通常サイズのくまゆるとくまきゅうを召喚する。

2人はそれぞれのおなかに抱きつく。

「柔らかい。幸せ」

ティリアはくまゆるのおなかに顔を埋《うず》める。

それを真似をして、フローラ様もくまきゅうのおなかを抱き締める。

部屋が広いと、くまゆるとくまきゅうを召喚しても大丈夫だからいいね。

「くまさんといっしょにおしろのなかをさんぽしたい」

「そんなことをしたら、騒ぎになるからダメだよ」

ティリアはフローラ様の言葉を却下する。

「うぅ、確かにくまゆるを見た騎士たちが、くまゆるとくまきゅうに攻撃を仕掛けてきたら、困るね」

る。


「くまさん、こうげきされるの？」

「部屋の外を歩くと、そうなるかもって話だよ」

「くまさん、そとにでちゃ、だめだよ」

ティリアの話を聞いたフローラ様はくまきゅうに抱きついて、どこにも行かせないようにす
置く。

くまきゅうは「くぅ〜ん」と鳴くと、おなかに抱きついているフローラ様の頭に優しく手を
「こんなになついているクマも凄いと思ったけど、言葉が理解できるクマって、信じられない
よね。くまゆる、わたしを背中に乗せてくれる？」

ティリアがお願いすると、くまゆるは腰を下ろし、乗りやすいようにしてくれる。

「ありがとう」

ティリアはお礼を言って、くまゆるの背中に乗る。

「おねえちゃん、ずるい。わたしものりたい」

フローラ様の言葉を聞いて、くまきゅうも腰を下ろす。フローラ様が乗ろうとするが、腰を
下ろしているくまきゅうでも、高くて乗れない。

わたしはフローラ様の腰を摑《つか》み、持ち上げて、くまきゅうの背中の上に乗せてあげる。

「くまさん、ありがとう」

サ

そして、くまゆるとくまきゅうに乗った2人は部屋の中を歩く。

今日は特に予定もないので、フローラ様とティリアとのんびりと過ごす。しばらくすると遊び疲れたフローラ様はくまきゅうの上で、気持ちよさそうに寝てしまう。

戻ってきたアンジュさんが優しくフローラ様を持ち上げ、ベッドに寝かせる。

「くまさん……」

寝言を言う。くまさんって、わたしのことかな？　それともさっきまで一緒にいたくまきゅうのことかな。

ベッドの上に寝かされたフローラ様は、アンジュさんの手によって隣に置かれたくまきゅうぬいぐるみに、無意識に抱きつく。

その顔は幸せそうにしている。

「それじゃ、わたしは帰るね」

「ユナ、今日はありがとうね。今度もわたしがいるときに来てね」

「まあ、タイミングが合えばね。フローラ様に、また来るねって伝えておいて」

「起きたとき、ユナとくまゆるとくまきゅうがいなかったら、泣くかもね」

「大丈夫だよ。そのときのためのぬいぐるみだよ」

フローラ様はくまきゅうぬいぐるみに抱きついている。

ティリアと別れたわたしは、お城を出る。

時間はまだある。学園が休みってことは、出掛けていなければ家にシアがいる。風鈴と飴細工のお土産もあるし、シアに会いに行くことにする。

もし、いなかったら、メイドのスリリナさんにお土産を渡しておけばいい。それにエレローラさんの分も渡しておかないといけない。あとで文句を言われても面倒臭いしね。

エレローラさんのお屋敷に着くと、メイドのスリリナさんが出迎えてくれる。

「シアはいますか？」

「はい、今は花壇のところにいらっしゃいます」

わたしはスリリナさんの案内で花壇がある庭に移動する。

「ユナさん、来てくれたんですか」

わたしに気づいたシアが嬉しそうに振り向く。

その顔には土の汚れがついていた。

「なにをしていたの？」

「花壇を綺麗にしていたんです」

「わたし一人でするつもりだったのですが、シア様が手伝いを申し出てくださいまして」

「学校が休みだったから、お手伝いしていたんです」

雑草は綺麗に処理され、花壇には綺麗な花が咲いている。

でも、貴族の令嬢が花壇のお手伝いって、わたしが漫画や小説で知ってる貴族とは違うね。

「ここって、わたしが作った花壇？」

国王の誕生祭に来たときに、スリリナさんのお手伝いで花壇を作ったことがあった。そのときの花壇に花が咲いている。

「はい、ユナさんのおかげで綺麗な花を咲かせることができました」

スリリナさんは嬉しそうにする。

「スリリナさんが頑張って育てたからだよ」

「毎日、お世話をしていましたからね」

シアにも言われてスリリナさんは少し照れた表情をする。

「それではお茶の用意をしますので、家の中に入りましょう。シア様は部屋に行く前に、手や顔を洗ってくださいね」

シアが頬《ほお》に手をやると、汚れが薄く広がる。

それを見て、わたしとスリリナさんは笑みを浮かべる。

部屋に案内されたわたしが椅子に座っていると、シアが部屋に入ってくる。

「うぅ、疲れた」

シアは椅子に座る。

顔は綺麗になっている。

やっぱり美少女だね。

「シア様、今日はありがとうございました。おかげで早く終わりました」

スリリナさんがお茶を運んできて、シアにお礼を言う。

「わたしも楽しかったから」

ノアといい、シアも優しい女の子だね。

シアは喉が渇いていたのかスリリナさんが淹れてくれたお茶を飲む。

「仕事のあとのお茶は美味しい。それで、ユナさんはどうしたんですか。用事ですか？　もちろん、用事がなくても、いつでも来てくれて構いませんよ」

同じようなセリフをノアに言われたことがある。やっぱり、姉妹だね。

「どうして、笑うんですか？」

「なんでもないよ。今日はシアにお土産を持ってきたんだよ」

わたしは、まずは風鈴が入った小箱を出す。

「なんですか？」

「風鈴っていう、音を楽しむものだよ」

わたしはノアやティリアたちにしたのと同様の説明をする。

設置する場所はあとで考えるとして、今は仮として、この部屋の窓に取り付けてみる。

窓は開けられ、風が入ってくると風鈴の音が「ちりーん」「ちりーん」と鳴る。

「綺麗な音ですね」

「風が強いとうるさいだけどね。たまに吹く風が風鈴を鳴らしてくれると、心地いいよ」

今日は風鈴日和で、綺麗な音を奏でてくれる。

シアとスリリナさんは風鈴の音を静かに聞いている。

「あと、同じ街で買ってきたんだけど、食べ物もあるよ」

わたしはクマボックスから、飴細工が入った重箱を取り出す。

「食べ物ですか？」

「甘いお菓子だよ。花壇の手入れで疲れているみたいだから、シアにはちょうどいいね」

疲れたときは甘いものだ。

わたしは重箱の蓋を開ける。かなり数は減ったけど残っている。

今度、和の国に行ったら、また買っておこうかな。

「これ？　本当にお菓子なんですか？」

シアは重箱の中を覗き込むと、これまでに渡したみんなと同じ反応をする。

「甘くて美味しいよ。味は同じだから、好きなのを選んで」

シアは不思議そうに飴細工を見て、ウサギの形をした飴細工を手にする。

「綺麗、食べるのがもったいないですね」

「スリリナさんも、どうぞ」

わたしはスリリナさんにもすすめる。

「それではお言葉に甘えさせていただきます」

スリリナさんも椅子に座り、ノアと同じような顔をして、赤い花の飴細工を手にする。

そして、シアとスリリナさんは飴細工を口に入れる。

「……美味しい」

「はい。甘くて美味しいです」

「ユナさんって、甘いお菓子が好きですよね」

「そう？」

自分はそんなに甘党ではないはず。

「だって、学園祭のときも綿菓子を教えてくれたし、プリンもケーキも甘いお菓子です」

そう言われると、甘いお菓子が多い。

でも、ポテトチップスやポップコーンも作っているよ。

それを証明するためにポップコーンを出してあげる。

「これはなんですか？」

「ポップコーンっていうお菓子だよ。これは甘くないよ」

「えっと、手でつまんで食べればいいんですか？」

そうだよね。シアは貴族の令嬢だ。基本、手掴《てづか》みはしない。

「うん、手でつまんで食べるものだけど、少しべたつくかも？」

「シア様、スプーンをお持ちしますか？」

「このまま食べるよ」

シアはポップコーンに手を伸ばし、数粒つまむと、口の中に入れる。

「しょっぱい。柔らかいです。これもユナさんが作ったんですか？」

「さっきの飴細工は違うけど、これはわたしが作ったよ」

「わたしが知らない食べ物がいっぱいあるんですね」

シアとスリリナさんは風鈴の音を聞きながら、飴細工とポップコーンを食べる。

どうやら、どっちも気に入ってもらえたようだ。

そして、忘れないようにエレローラさん用の飴細工をスリリナさんに渡しておく。

エレローラさんの分も渡しておかないと、今度、来たときに文句を言われても面倒くさいからね。

540 クマさん、シアに交流会の話を聞く

「でも、来週だったら、王都にいなかったので、ユナさんが今日来てくれてよかったです」

飴《あめ》細工とポップコーンを美味しそうに食べながらティリアと同じようなことを言われる。

自由気ままに動くわたしが、学園が休みのときに来るのは難しいところだ。

でも、来週？

「来週って、なにかあるの？」

「ユーファリアの街に行くので、しばらくの間、王都にいないんです」

ユーファリアの街？　微妙に聞き覚えがあるような、ないような。

頭のどこかに引っかかる。

「そのユーファリアって街になにしに行くの？」

「今度、ユーファリアにある学園と魔法の交流会が行われるんです。まあ、簡単に言えば、双方の学園の生徒が魔法の実力を示して、競い合うのが目的です。その交流会の代表に選ばれたんです」

「他の学園との交流会。そんなのがあるんだね」

「負ければ、来年は勝とうと頑張ります。勝てば、来年も勝とうとします。どっちの学園の生

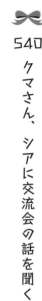

徒も負けられません。先輩たちによって代々、長年続けられてきているものなので」

たまに漫画で、近くにある学校同士がスポーツや文化祭を競ったりすることがあるけど、そんな感じかな？

「そんな交流会の代表に選ばれたなんて、シアは凄いね」

「選ばれた理由に貴族って身分も入っているかもしれません」

「そんなことはありませんよ。シア様が、どんなに練習をしていたか知っています。ちゃんと実力ですよ」

話を聞いていたスリリナさんがシアの言葉を否定する。

「それにもし、ユナさんが学園に通っていれば、ユナさんは絶対に選ばれていましたよ」

残念ながら、わたしは学園に通っていない。

「でも、ユーファリアってどこかで、聞き覚えがあるんだけど」

なんとなく、さっきから頭の片隅にひっかかっている。

「たぶん、あのときじゃないですか？」

「あのとき？」

って、どのとき？

わたしは首を傾《かし》げる。

「ほら、ユナさん。みんなでミリーラの町の海に行ったことがあったでしょう」

フィナやノア、孤児院の子供たちと、ミリーラの町に従業員旅行に行ったことがある。そのときにシアも一緒だった。

でも、それがユーファリアの街に関係が？

「覚えてませんか？　ユナさんがルリーナさんを誘っていたときに水着の話になって、ルリーナさんがユーファリアに行ったことがあるから、水着を持っているって」

……ぽん。

わたしはクマさんパペットを叩《たた》く。

ああ、そんな会話をした記憶がある。ルリーナさんの水着をどうしようかと心配したら、湖がある街があって、その街で水着を買ったから、持っているって。

ルリーナさんから聞いた街の名前がユーファリアだったんだ。だから、微かに聞き覚えがあったんだ。

「シア、よく覚えているね」

「ユナさんのクマのゴーレムの乗り物でしたっけ、あのときの印象が強くて、ユナさんとルリーナさんの会話をなんとなく覚えていました」

シアは笑いながら答える。

記憶力がいいね。

「でも、そんな交流会があるんだね。面白そうだね」

漫画なら学園バトルものだ。もしくは、それぞれの部活同士が競う運動会とか？

「ユーファリアの街に行けるのは楽しみですけど、交流会は学園のみんなの気持ちを背負っていますから、大変ですよ。それなら、ユナさんが参加しますか？」

「わたしは生徒じゃないよ」

「そこはわたしが学園祭のときにプレゼントした制服を着て」

シアからもらった制服はクマボックスの中に入っている。

「他の生徒や先生に怒られるよ」

「そこはユナさんの実力を見せれば納得しますよ」

残念ながら、わたしの実力ではない。クマチートの力だ。クマ装備がなければ魔法は使えない。

「丁重にお断りさせてもらうよ」

「残念です。ユナさんが出れば、間違いなく勝てるのに」

「そこはシアが頑張って」

わたしの言葉にシアは苦笑いをする。

でも、学園どうしの試合。気になるのは確かだ。

「応援に行ってもいい？」

「応援ですか？」

シノブ並みの学生が多くいるとは思わないけど、同年代の魔法の実力を知るにはいい機会だ。王都の学園にしろ、ユーファリアの街の学園にしろ、一度見るのもいい。学園祭でも魔法を使うのは見たけど、全力ではなかったし、競い合うものではなかった。

「そうだ。一緒にノアを連れていこうか？　それならシアもやる気が出るでしょう？　それよりわたしたちが行っても、見ることができるの？」

学園の運動会とかだったら、関係者以外はお断りが普通だ。ノアは見れてもわたしが見ることができなければ意味がない。でも、学園祭のように一般人にも開放していれば、わたしも見ることはできる。

「学生や関係者なら大丈夫ですから、わたしの関係者として見学はできますよ」

「それじゃ、行こうかな」

最近、フィナばかり連れ回していたからね。こういうときじゃないと、ノアを連れていってあげる機会はない。ノアもシアに会いたいだろうし。

「でも、ノアをクリモニアから連れてくるって、大変じゃありませんか？」

「くまゆるとくまきゅうがいるから大丈夫だよ。それにノアは基本的に聞き分けがいい子だからね」

ダメと言えば、頬《ほお》を膨らませながらも、聞き入れてくれる。駄々をこねることはしない。

でも、クマに関することだと暴走するのが難点だ。

「それじゃ、ノアが来られるようでしたら、水着も忘れずにと伝えてください」

「泳げるの？」

「はい、まだ泳げるはずですよ。毎年、交流会が終わった後はみんなで泳ぐという話を聞きますから」

「もしかして、シアは初めてなの？」

「はい。だから、緊張します」

まあ、大会で緊張しない者は少ないと思う。

場慣れでもしていなければ、大概の者は緊張する。

「でもお父様、ノアが来ることを許してくれるかな？　お母様にお願いしてみますか？」

「う～ん、今回はわたしの提案だし、自分で頼んでみるよ。それにエレローラさんに借りを作ると、あとで面倒になりそうだからね」

「うぅ、否定ができない。それじゃ、わたしがお父様にお手紙を書きますから、渡してもらえますか？　少しは許可が下りやすいかもしれません」

「クリフもエレローラさんより、シアの手紙のほうが嬉しいかもね」

「そうですか？」

「父親って、娘が可愛いものだよ」

わたしのところは違ったけど、世間一般的に父親は娘に甘いものだ。

「学園祭のときだって、ノアに近寄ってくる男のことで心配していたし。だから、シアが甘い言葉を書けば大丈夫だよ」

　エレローラさんが鞭《むち》なら、シアは飴だ。

「分かりました。それじゃ、部屋で手紙を書いてきますから、少し待っていてください。スリリナ、ユナさんにユーファリアの場所を教えてあげて」

　シアはスリリナさんに頼むと部屋から出ていく。

　わたしはスリリナさんから、ユーファリアの街の場所を教えてもらう。

「クリモニアとは反対のほうにあるんだね」

　ユーファリアの街は王都から見て、クリモニアとは反対の方角にあった。

　この地図がどこまで正確か分からないけど。地図上だと、王都からクリモニアに向かう距離と、さほど変わらなそうだ。

　街道もあるらしいので、迷子になることはないみたいだ。

「はい、なので少し時間がかかるかもしれません」

「そこはくまゆるとくまきゅうがいるから、大丈夫だよ」

「そうですね。ユナさんはこうやって、王都に何度も来ていますからね」

　それはクマの転移門のおかげだからだよ。

　ノアにもクマの転移門のことを教えれば、楽だけど。今回もくまゆるとくまきゅうに乗っていけることに喜ぶと思う。

　しばらくスリリナさんと話をしているとシアが戻ってくる。

「ユナさん、お待たせしました。お父様に渡してください。どこまで力になれるか、分からないけど」

「もしダメだったらゴメンね」

「そのときは、ユナさんだけでも見に来てください。ユナさんが来てくださるだけでも、嬉しいですから」

　そのときはフィナを連れていこうかな？

　でも、フィナは和の国に連れていったから、しばらくはやめたほうがいいかな？

　それから、交流会の日程を確認する。

「ユナさんが王都から一緒に行ってくれれば、くまゆるちゃんとくまきゅうちゃんに乗れたんだけど、残念です」

「他の学生も一緒なんでしょう？　くまゆるとくまきゅうが一緒だと驚かれるから、遠慮するよ」

　シアは王都で合流して、一緒に行く案を申し出たが、断った。

　騒ぎになるのは面倒だし、困る。

　それにシアだけならまだしも、知りもしない人と一緒に行動するのは遠慮したい。クマハウスも使えないし、気疲れする。

それから、わたしはユーファリアの街の話を聞き、待ち合わせ場所を確認する。

「それじゃユナさんとノアが来るのを楽しみにしていますね」

「頑張ってクリフを説得してみるよ」

まあ、ノアの日ごろの行いがよければ、クリフも許可を出してくれると思う。

あとはシアの手紙に期待しよう。

541 クマさん、ノアに会いに行く

王都から戻ってきた翌日、わたしはシアの交流会のあるユーファリア行きに誘うため、ノアに会いに行く。

「ユナさん、今日はどうしたんですか？ 遊びに来てくださったんですか？ お外に行きますか？ くまゆるちゃんとくまきゅうちゃんに乗って、おでかけもいいですね」

ノアはわたしがやってきたことに嬉しそうにする。

「勉強とかは大丈夫なの？」

「ちゃんとやっていますから、大丈夫です」

「偉いんだね。その偉いノアにプレゼントというか、お誘いなんだけど。今度、王都の学園とユーファリアって街の学園で、魔法を競う交流会があるんだって。それにシアが参加するみたいなんだけど、よかったら、ノアも見に行く？」

「行きます！ 行きたいです」

ノアは悩むこともなく、大きな声で返事をする。

「それじゃ、クリフの許可をもらわないと」

「わたし、お父様にお願いしてきます」

ノアはすぐにクリフのところに行こうとする。

「仕事中じゃないの？　大丈夫？」

「大丈夫です」

「それなら、わたしも一緒に行ってお願いしようか？」

「ユナさんも、一緒に頼んでくれるんですか？」

「わたしが持ってきた話だからね」

それに自分からシアにノアを連れてくると言ってしまった。クリフ宛の手紙もシアから預かっているし、わたしも一緒に行ったほうが話も進みやすい。

わたしとノアはクリフがいる執務室に向かう。

ノアはドアをノックして、入室の許可をもらうと部屋に入る。

「どうして、ユナがいるんだ？」

わたしの顔を見ると嫌そうな表情をする。

どうしてかな？

「お願いがあるからだよ」

「お父様、ユナさんと一緒にお姉さまの応援に行ってもいいですか？」

「シアの応援？」

クリフはわけが分からないような表情をする。

わたしはクリフに学園の交流会について話す。

「ああ、あれか」

わたしの説明で理解したみたいだ。

「お父様、わたし、見に行きたいです。お姉さまの応援に行きたいです」

「一応、シアからもお願いの手紙を預かっているよ」

「シアから？　エレローラからでなく？」

「今回はシアとわたしからのお願いだからね」

わたしはシアから預かった手紙をクリフに渡す。クリフは受け取ると、手紙に目を通す。手紙を見る目が優しくなる。やっぱり、娘からの手紙は嬉しいみたいだ。

「分かった。いいぞ」

「いいの？」

「シアもノアがいたほうがやる気が出るだろう」

「お父様、ありがとうございます」

ノアは満面の笑みを浮かべる。

「それにユーファリアの街は容易に連れていってやれる距離ではないからな。おまえさんがノアをユーファリアの街に連れていってくれるなら、ノアのためになる」

王都から見て、クリモニアとは反対の方角にある。王都に住んでいるならそこまで苦労せずに行けそうな距離だけど、クリモニアからとなると、馬車などで行っても遠いかもしれない。

「ユーファリアって、湖の街だっけ？」

「知っているのか？」

「シアから少しだけ聞いたよ。それでシアに水着を忘れないように言われているよ」

「遊ぶのもいいが、街の様子を見て学ぶことも忘れるなよ」

「分かりました」

「シアの応援も忘れちゃダメだよ」

「もちろんです」

クリフの許可をもらったわたしたちは、ノアの部屋に戻り、出発の日を決める。

「王都でエレローラさんに会っていく？」

それによって出発の日が変わる。

「お母様にですか？」

「出発を早くすれば、会う時間は作れると思うよ」

今回はクマの転移門は使わずに、くまゆるとくまきゅうに乗って、行くことにしようと思っている。

「それなら、帰りに会いに行くのはダメですか？　帰りなら、時間も気にしないで会うことができます。それに帰りなら、交流会についてのお姉さまのお話もすることができます」

確かに、行きに会いにいくと出発するタイミングが難しくなる。エレローラさんに会いに行っても、仕事で会えなくて、すれ違いになる可能性もある。

でも、帰りなら、気にしないですむ。家で待っていればいいんだから。

「そうだね。それじゃ、帰りに王都に寄ることにして、行きはまっすぐユーファリアの街に向かうことでいいね」

「はい」

それから、ユーファリアまでのおよその時間を割り出して、出発する日にちを決める。

「でも、そんなに遅く出発して、大丈夫なんですか？」

「くまゆるとくまきゅうなら、大丈夫だよ」

ノアは前回王都に行ったときの感覚で言っている。

だけど、今回はノアと2人だけなので、前回よりも早く王都に向かうことができる。

「わたしはくまゆるちゃんたちと、のんびりと行くのもいいんですが」

「それもいいんだけど、移動時間短縮は旅の基本だからね」

本当なら、クマの転移門で王都まで行きたいぐらいだ。でも、クマの転移門のことを知らないノアと一緒なので、今回はくまゆるとくまきゅうに乗っていく。

「今回はわたしがユナさんと、くまゆるちゃん、くまきゅうちゃんを独り占めです」

別に、わたしは誰のものでもないし、くまゆるとくまきゅうはわたしのものだよ。

数日後、くまゆるにわたしとノアは一緒に乗り、ユーファリアに向けて出発した。

ユーファリアといっても、まずは王都へ向かう道と変わらない。

「ユナさん、くまゆるちゃん、速くないですか？」

くまゆるはいつもよりも速く走っている。

「くまゆるはパワーアップアイテムっていうのかな？　それをつけているから、長距離を速く走れるようになったんだよ」

クマモナイトの効果によって、くまゆるとくまきゅうは持久力、速度、攻撃力、なにもかもがパワーアップした。

「そんな、アイテムがあるんですね」

「でも、ずっと走らせるのは可哀想だから、途中でくまきゅうと交代するけどね」

交代で走れば、休憩時間も短縮することができる。

くまゆるが走っている間はくまきゅうが休み。くまきゅうが走っている間はくまゆるが休む感じだ。

でも、いくら走ってもくまゆるが疲れた様子はない。

「くまゆる、大丈夫？」

と尋ねると、元気をアピールするように加速する始末だ。

だから、強制的にくまきゅうと交代させる。それに交代させないとくまきゅうがイジケルからね。

そして、交代したくまきゅうはわたしたちを乗せて、元気に走りだす。

休憩を挟みつつも、くまゆるとくまきゅうは走り続け、夕刻前には王都に到着する。

「信じられないです。1日というか半日で王都に着いてしまいました」

「このまま、王都に入ると時間を取られるから、このまま行くよ」

王都のエレローラさんの家やわたしの家に泊まると、出発するときに時間がかかる。それに、エレローラさんに会うのは帰りでいいとノアは言っているので、このまま王都は通り過ぎることにする。


夕刻に近い時間なこともあって、王都の外には人もいなく、くまきゅうはそのまま走る。

そして、王都を少し離れ、街道からはずれた場所にクマハウスを出して、1泊することにする。

このまま行けば、明日には到着できそうだね。

「ユナさんが、簡単に王都に行ける理由が分かりました。朝に出発して、夕刻前に王都に着くなんて、信じられません」

まあ、馬車の移動速度とくまゆるとくまきゅうの移動速度では違う。さらに、クマモナイトによってパワーアップしたのだから。

まあ、実際はクマの転移門での移動だ。

わたしたちはお風呂と食事を済ませると、部屋に移動する。

「明日も早く出発するから、早く寝るんだよ」

「わたし、ユナさんと寝たいです」

「わたしと？」

「はい、ユナさんのお話が聞きたいです」

てっきり、くまゆるとくまきゅうと一緒に寝たいと言うのかと思ったけど、違った。

わたしはノアを連れて部屋に入る。

くまゆるとくまきゅうも一緒に寝ることもあるから、わたしのベッドは広いので、一緒に寝ることはできる。

「ふふ、くまゆるちゃんとくまきゅうちゃん、可愛いです」

ノアは子熊化したくまゆるを抱きながら、ベッドに倒れる。くまきゅうはわたしの傍にやってくるので抱きかかえる。

「それでなにが聞きたいの？」

「ユナさん、いろいろなところに行っているんですよね」

「うん、まあ」

ノアには話せない場所にも行っている。

「そのお話が聞きたいです」

う〜ん、どうしたものかな？

わたしは少し考えて、エルフの村に行った話をしてあげることにする。

王都のギルドマスターのサーニャさんの妹のルイミンに会ったこと、エルフの村の結界が弱くなったのでエルフの村に帰ることになったサーニャさんについて、一緒にエルフの村に行ったこと。エルフの村に神聖樹という大きな木があったこと。そして、クリフが飲んでいるお茶が神聖樹の葉から作られたお茶だということを話してあげた。

初めは楽しそうに話を聞いていたノアだったが、話を終えるころにはくまゆるを抱いたまま、小さい寝息をたてていた。

わたしは風邪を引かないように、ノアに毛布をかける。

「おやすみ」

わたしは小さい声で言うと眠りに就いた。

542　クマさん、ユーファリアの街に入る

「うぅ、眠いです」

ノアは子熊化したくまゆるを抱きながら、小さくあくびをする。

「ほら、顔を洗って、食事にするよ」

「はぁ～い」

わたしたちは軽く食事をするとユーファリアの街に向けて出発する。

今日もくまゆるとくまきゅうに交互に乗りながら、ユーファリアの街に向かっている。

「確か、この道を進めばいいんだよね」

クマの地図を見ながら進むが、地図はクマさんフードが見た場所しか地図に表示されない。

そのため、一度も行ったことがないユーファリアの街の場所は分からない。

くまゆるに「ユーファリアの街に向かって」とお願いしてみたけど、悲しげに「くぅ～ん」と鳴いた。分かってはいたけど、くまゆるとくまきゅうも行ったことがない場所への道は分からない。クマモナイトの力でパワーアップして、そんな能力が開花したりしていないかなと思ったりしたけど、ダメだった。

「あっ、ユナさん。立て札があります！」

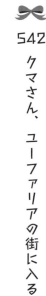

街道を進むと、分かれ道の場所で村の名前や街が書かれた立て札があった。

わたしたちはくまゆるから降りて、立て札を確認する。

「ユーファリアはこっちだね」

間違っていないようでよかった。

前に近道をしようとして、森の中で迷ったことがあった。今回はスリリナさんに教わったとおりに道なりに進んできたので、大丈夫だったみたいだ。

急がば回れとはよく言ったものだ。

「何もなければ今日中には着きそうだね」

フラグなんていらないから、何事もなく到着してほしいものだ。

「昨日、クリモニアを出発したばかりなのに、信じられません」

「これもくまゆるとくまきゅうのおかげだよ」

わたしはくまゆるの体を撫でる。

「うぅ、わたしもくまゆるちゃんとくまきゅうちゃんが欲しい」

ノアはくまゆるに抱きつく。

「ほら、バカなこと言っていないで、出発するよ」

「は～い」

ノアをくまゆるに乗せ、出発する。

街道を走るくまゆるが「くぅ〜ん」と鳴くと街道から逸《そ》れる。

一応、人がいたときは驚かせないように、街道を外れて走るようにしている。

「また、冒険者ですね」

遠くから街道を見ると冒険者の格好をした数人が通ってる。

あまり気にしていなかったけど、思い返すと、確かに何度か冒険者とすれ違った。

「王都に向かっているんでしょうか？」

王都の方から来たけど、王都には寄らずに来たので、理由は分からなかった。

サーニャさんなら、何か知っていたかな？

今さら、王都に戻るわけにもいかないし、もし気になるようなことがあれば、クマの転移門を使えばいいことだ。今は気にしないでユーファリアの街へ向かう。

それからしばらく進むと街が見えてくる。

何も起きず、無事に到着することができたみたいだ。

「あれがユーファリアの街……綺麗です」

丘になっている場所から、ユーファリアの街が見える。街の中心に湖があり、その湖を中心に建物が広がっている。湖に向かう道は東西南北の４本に、さらにそれぞれの道の間に４本の道があり、８本の大きな道が湖に繋《つな》がっている。

ノアの言うとおり、ここから見える街並みは綺麗だ。

やっぱり、道をちゃんと決めてから、建物を建てるといいね。好き勝手に建てると、迷路のようになるし、汚く見える。でも、戦争が起きたりした場合、簡単に攻め込まれそうだけど。

「ユナさん、早く行きましょう」

わたしが街を眺めているとノアが体を揺する。

「そうだね。泊まる宿も探さないといけないしね」

まだ、夕暮れにはなっていないが、早めに宿を確保したい。遅くなればなるほど宿は埋まる。

わたしたちを乗せたくまゆるはユーファリアの街に向けて駆けていく。

そして、いつもは気をつけているのに、クリモニアに帰るくせで、くまゆるに乗ったまま門の近くまで行ってしまった。門番がくまゆるに乗るわたしたちを見て驚く。

「なんだ!? クマ!?」

わたしは慌てて、くまゆるから降りて、くまゆるの前に立つ。

「この子は危険はないから大丈夫です」

わたしは危険がないことを門番に説明する。

「本当に大丈夫なのか？」

「くまゆるちゃんは人を襲ったりしません」

ノアがくまゆるの上から、頰《ほお》を膨らませながら、擁護してくれる。

女の子２人がクマに抱きつく姿を見て、門番は納得する。

くまゆるを送還することで、街の中に入れるかと思ったら、話はそんなに簡単には済まずに門番の中で一番偉い人が出てきた。

わたしたちは門番の休憩室、もとい取調室に連れていかれることになった。

その扱いにノアが怒って、貴族という身分を明かした。さらにわたしはその護衛ってことにして、ゴーレム討伐のときにエレローラさんからもらった紋章付きのナイフとギルドカードを見せた。

紋章付きのナイフにも驚かれたが、冒険者ランクCであることのほうが驚かれた。

「ノア、ありがとうね。助かったよ」

「酷《ひど》いです。くまゆるちゃんは危険じゃないのに、あんな目で見なくてもいいのに」

「まあ、クマだからしかたないよ」

クリモニアでは、くまゆるとくまきゅうのことは門番の誰もが知っているので、普通にくまゆるとくまきゅうに乗って門の前まで移動している。

いつもは気をつけていたんだけど、今回は街を見ながら走っていたから、見事に忘れてしまった。

「でも、ノアが庇《かば》ってくれたのは嬉しかったよ」

「あたりまえです。くまゆるちゃんのためです。あまり、身分を明かして、強引に話を通すことはしたくなかったのですが、くまゆるちゃんとユナさんがあのような目で見られるのは我慢できません」

でも、ノアのおかげで無事に街の中に入ることができた。

貴族の力を使って、横柄になるのは困るけど、ときには使い分けるのは大切だ。わたしはくまゆるを助けるために力を使ってくれたことが嬉しい。

それとエレローラさんからもらったナイフも効果があることが分かったので、よしとする。

でも新しい街に来るときは、見えない場所でくまゆるとくまきゅうを送還しないとダメだね。

「まあ、あの人たちも仕事なんだからしかたないよ。それに何かをされたわけじゃないんだから、いつまでも頰《ほお》を膨らませていないで宿屋に行くよ」

街の入り口で足止めを食らったわたしたちは、解放されるついでに宿の場所を教えてもらった。ノアが貴族ってことを知って、態度が変わり、快く宿を教えてくれた。

値段は気にせず、貴族が泊まるような宿をお願いした。比較的近い場所にある。門を通って、大通りの道を進むとあるらしい。

お礼を言って、出ていこうとしたら、引き止められた。

貴族であるノアを歩かせるわけにはいかないから、馬車を用意すると言われた。でも、ノアはその申し出を断った。

「別に乗せてもらってもよかったんじゃない」

わたしは周囲の視線を感じながら尋ねる。新しい街に来ると毎度同じ反応を受ける。「くま?」「クマ?」「熊?」「ベアー?」……馬車に乗せてもらえれば、宿屋までに好奇な視線を向けられることもなかった。

「そうですね。クリモニアだとユナさんと一緒に歩いても、こんなに視線を浴びることがなかったので忘れていました」

ノアも周囲の視線を感じているようだ。

「でも、自分の足で歩いて、街を見たかったんです」

ノアは先ほどから、歩きながらも周囲を見ている。

クリフの言いつけどおり、クリモニア以外の街の観察をしているのかもしれない。

「まあ、気にしないでいいよ。どっちにしろ、明日は街を散策するつもりだったから、同じことだから」

どうせ街を歩けば、いつもどおりに注目される。今さら気にしてもしかたない。

わたしたちは視線を浴びながらも宿屋に到着する。

「大きいです」

街の門番が教えてくれた宿屋は、大きく立派だった。まさしくお金持ちが泊まる宿だ。

宿代も高そうだ。

でも、その分、セキュリティーはしっかりしているだろうし、貴族であるノアと一緒なら、多少高くてもこの宿のほうがいい。

宿の中に入ると、冒険者などの姿はなく、お金を持っていそうな商人がいるぐらいだ。

わたしは受付にいる女性のところへ向かう。女性はわたしに気づくと驚いた表情をする。いつものことなので、気にせずに話しかける。

「すみません、2人部屋を一つお願いしたいんだけど」

「えっと、ご両親の方は？」

受付にいた女性は営業用の表情を作り、わたしの格好を見ても、なにもなかったように対応する。

ちゃんと教育されているみたいだ。どんなお客様（クマの着ぐるみ姿の女の子）が来ても、対応できるのは偉い。

「2人だけです」

「ここは他の宿屋と比べて、値段が高く……」

受付の女性は言いにくそうに口にする。

まあ、女が2人、片方は子供。もう片方はクマの格好をしているから、対応に困っているようだ。

でも追い出そうとしないのは好感が持てる。

「1泊いくら？」

女性は少し考えてから、答えてくれる。

「2人部屋でしたら、こちらの金額になります」

提示された金額は、一般の宿屋より5倍は高い。確かにこれなら、子供だけで泊まるとは思われないかもしれない。

「お金の問題はないから、部屋を用意してくれる？」

わたしがクマボックスからお金を出すと、ノアが声をかけてくる。

「ユナさん、お金ならお父様から預かっていますから、わたしが払います」

「子供はそんなことを気にしないでいいんだよ」

「でも……」

「帰ったら、クリフに請求するから、気にしないで」

ノアが持っているお金はクリフのお金だけど、ノアの手からもらうのは抵抗がある。だから、ノアの申し出は断る。

「気持ちだけもらっておくよ」

ノアも納得してくれたのか、それ以上は言わなかった。

わたしは前金で数日分の宿代を払う。

受付の女性も一瞬驚いた表情をするが、お金を払えばお客様と判断して、すぐに部屋に案内してくれる。

でも、さっきから、わたしの格好が気になるのか、チラチラとわたしを見ている。だけど興味本位で尋ねてこない。

もし、またこの街に来るようなことがあったら、次もこの宿屋に泊まろう。

「これから、おでかけになりますか？」

「ううん、今日は休ませてもらうよ」

「それでは時間になりましたら、夕食を運ばせていただきます」

案内をしてくれた女性は頭を下げると下がっていく。


部屋は普通の宿屋よりも広く、ゆったりとしている。

ベッドも普通の宿屋にあるものよりも大きく、2人で寝ても大丈夫そうなベッドが2つある。他にも置いてあるテーブルや椅子も高そうだ。さらに部屋にはドアがあり、隣部屋があるみたいだ。

ノアは宿が珍しいのか、部屋の探索を始める。

「ユナさん、お風呂がありますよ」

ノアが部屋の中にあるドアを開けている。どうやら、隣部屋と思ったドアはお風呂だったみたいだ。

和の国の旅館にもお風呂はあったけど、ここは流石《さすが》に値段が高いだけのことはある。

わたしはベッドに腰かけ、子熊化したくまゆるとくまきゅうを召喚して一休みする。

危険はないと思うけど、くまゆるとくまきゅうは保険だ。人は休んでいるときほど、無防備になる。それに、ユーファリアの街まで走ってくれたくまゆるとくまきゅうを労《ねぎら》わないといけない。

わたしがくまゆるとくまきゅうを左右に抱えて、お礼をしているとノアがやってくる。

「ああ、ユナさん、ズルいです」

部屋の中を一通り見たノアはわたしの横に座り、くまゆるを抱きかかえる。そして、わたしと同じようにくまゆるとくまきゅうにお礼を言う。

「ユナさん、明日は街を散策するんですよね」

「うん、シアと会う約束をしている時間まで、余裕があるからね」

シアは予定では、すでにユーファリアの街に来ているはずだ。

それで、ユーファリアの学園の前で待ち合わせることになっている。

「それじゃ、お姉様に会うまで、街の散策ですね。楽しみです」

「そうだね。湖は行ってみたいね」

「はい」

ノアと明日のことで話をしていると、くまゆるとくまきゅうが顔を上げて「「くぅ〜ん」」と鳴く。それと同時にドアがノックされる。

「食事をお持ちしました」

くまゆるとくまきゅうには隠れてもらい、わたしがドアを開けると、台車に食事を載せた女性が入ってくる。

「温かいうちにお召し上がりください。食事がお済みになられましたら、扉の前に置いてください。後ほど回収にまいります」

それだけ言うと、女性は下がっていく。

「美味しそうです」

「それじゃ、温かいうちに食べよう」

わたしたちは料理を食べ、お風呂に入り、ベッドに横になる。ノアのベッドには子熊化したくまゆるが寝て、わたしのベッドには子熊化したくまきゅうが丸くなっている。

「そういえば、昨日はユナさんの話を聞いている途中で寝てしまったんですよね」

ノアが昨日の夜のことを思い出したようだ。ノアは寝る前の記憶をたどり、その続きから話をしてほしいと頼まれ、わたしはエルフの村の話をしてあげる。

移動で疲れていたのか、早々にノアの寝息が聞こえてきた。

わたしは心の中で「おやすみ」と言って、眠りに就いた。

くまクマ熊ベアー20

書き下ろし

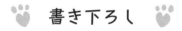

サクラ、国王に会いに行く

大蛇との戦いで、わたしは無理に魔力を使いました。そのせいで、体の疲労感が大きく、動くのが辛かったです。

でも、しばらく休んだことで体調もよくなってきました。

「シノブは体のほうは大丈夫ですか？」

わたしは一緒に馬車に乗っているシノブに尋ねます。

国王である伯父様に呼ばれたので、シノブと一緒にお城に向かっています。

「大きく動かすと少し痛むっすけど大丈夫っすよ」

シノブは腕を大きく回すと、少しだけ顔を歪ませます。

シノブはワイバーンとの戦いで右肩を摑《つか》まれ怪我をしましたが、ユナ様が治してくださいました。

シノブの話では傷跡がつく覚悟していたようですが、お医者様の話では傷跡はなく、しばらくすれば痛みもなくなるといいます。

その話を聞いて、安心しました。

わたしたちが客室で待っていると伯父様がやってきました。

伯父様は少し疲れた様子です。

「待たせたな」

「伯父様、大丈夫ですか？」

「大丈夫だ」

「それで、今日はどうしたのですか？」

「こっちも落ち着いてきた。ユナとカガリに連絡を頼む」

カガリ様は、ユナ様が暮らす街に一緒にいるみたいです。聞いたときは驚き、羨《うらや》ましかったです。

わたしもユナ様の住む街に行きたかったです。

でも、そんな迷惑がかかることは言えません。

「分かりました。帰りましたら連絡します。それで、大蛇の状況はどうなっているのですか？」

「解体なら、ほぼ終わっている」

「討伐の件が変な方向に進んでいるとシノブからお聞きしましたが」

「ああ、その件か？」

そう言うと、伯父様は困った表情をする。

「大蛇が討伐され、ユナとカガリがリーネスの島から去ったあと、探索が行われた」

「はい、お聞きしました」

大蛇の解体はもちろん、結界が解除されていることの確認、男性が入れるかの確認、魔物の確認、いろいろとリーネスの島の探索が行われたようです。

「それで、わたしが大蛇のところに案内したっす。そしたら、クマの岩が転がっていることに気づいたっす」

シノブは怪我をしていたというのに手伝っていたらしい。呆れてものが言えません。

そのことを言ったら、終わったら長期休暇をもらうと言っていました。

「そのクマの岩のせいで、問題になっている」

思い出す。ユナ様が大蛇を倒すときに、大蛇の口の中にクマの岩を入れて倒していました。

「その岩が問題なんですか？」

「大蛇が討伐されたところにクマの岩があったせいで、リーネスの島にいたのは狐《きつね》様ではなく、クマではないかと言いはじめる者が増えている」

伯父様が困った表情をします。

今まで、リーネスの島には狐様がいると言い伝えられていた。実際にカガリ様は狐様の化身であり、本当のことです。

でも、今まで一部の人しかリーネスの島に入ることができませんでした。

それが、リーネスの島を探索してみたら討伐された大蛇の傍にクマの石像が落ちていたのでは、クマ神様がいたと思われてもしかたありません。

「今まで、大蛇の封印を守ってきたのはカガリであり、狐様だ。でも、討伐された大蛇のところにクマの岩が転がっていたせいで、そんな噂《うわさ》が流れている」

「否定はしていないのですか？」

「カガリは自分が討伐したことは広めないでほしいと言っていただろう」

「はい」

目立ちたくないから、自分が討伐したことは言わないでほしいとカガリ様に言われています。

「それとユナからも同じことを言われている」

ユナ様からも自分が大蛇を討伐したことは黙っていてほしいと頼まれています。

「さらに面倒なことに狐が大蛇と戦っているところを見られている。だから、戦いを見た者と、リーネスの島の現場を見た者の意見が分かれている」

「つまり、狐派とクマ派っすね」

シノブが笑いながら答えます。

そんなことになっていたのですね。

「今まで、大蛇の封印を守ってきたのは、間違いなくカガリだ。でも、大蛇を討伐したのはユナだ。だからのどちらの言い分も合っている」

「そうですよね」

どちらの言葉も間違っていません。

「伯父様はどうするおつもりなのですか？」

国王である伯父様が一言言えば、片方の言葉を抑え込むことができます。

でも、伯父様はどちらの意見も止めていません。

「それは、あの２人が戻ってきてから決める。２人の気持ちが変わって、大蛇を討伐した英雄になりたいといえば、させるつもりだ」

「お２人は断るでしょうね」

「２人とも、あんな姿をしているのに目立ちたくとか言っているっすからね」

カガリ様はとても美しい方です。いつも隠していますが狐の尻尾《しっぽ》や耳まであります。ユナ様も目立つのが嫌いと言いながら、クマの格好をなさっています。くまきゅう様とくまゆる様をお連れて、本当にクマが好きなんだと思います。

「それでお呼びになったのは、それをお伝えするためですか？」

「ああ、これが一番の理由だ。シノブに頼んでもよかったのだが、あれが完成したからサクラにも見せておこうと思ってな」

「…………？」

伯父様は移動すると言って、わたしたちを連れて部屋を出ます。

「どこに行くのですか？」

「行けば分かる」

そう言うと伯父様は一つの部屋の前にやってきます。

他の扉と違って厳重な扉です。

伯父様は扉につけられている魔石に触れ、扉を開けます。

魔石は鍵となっているのでしょう。伯父様が魔力を流すことで開けられるんだと思います。

扉が開き、わたしたちは部屋の中に入ります。

そこは窓一つない部屋。

そして、部屋の奥には5つの祭壇があります。

それぞれの祭壇の上には魔石が置かれていました。

赤、青、緑、茶、無色の5つ。

とても大きな魔石。

「大蛇の魔石ですか？」

ユナ様がお持ちになっていた大蛇の魔石だ。

「ああ、たとえ、カガリとユナが大蛇を討伐したことを言わないでほしいと言われても、俺たち王族はカガリとユナに救われたことを忘れてはならぬ」

「そうですね。カガリ様、それからユナ様が、わたしたちの国を救ってくれました。お2人が忘れてもいいと言っても、わたしたちは忘れてはいけませんね」

「だから、ここは未来永劫《みらいえいごう》忘れないように作った」

王族だけが入れる場所みたいです。

「わたしが入ってもよかったのですか？」

「巫女《みこ》たちは、代々カガリを支えてきただろう」

巫女の中でもカガリ様のことを知っているのは一部の者だけです。

「ここのことは王族、巫女たちで代々伝えていくつもりだ」

「だから、わたしなのですね」

「ああ」

「それじゃ、わたしが入るのはまずいんじゃないっすか？」

話を聞いていたシノブが慌てだす。

「なにを言っている。おまえは、今回のことを全て知っているだろう。そんな者がどれだけいると思っている。いまさら、気にすることではないだろう」

「いまさらっすが、重要機密っすよね」

まあ、カガリ様が狐だということは言えませんし、ユナ様のことも秘密です。とくにユナ様の扉のことを話せば笑い死ぬことになります。

秘密です。

「そうだな。だから、簡単に辞められないと思え」

「酷いっす」

シノブが泣きマネをしますが、伯父様は気にしたようすはありません。

「それにしても、改めてみても大きいですね」

わたしは大蛇の魔石を見ます。

大蛇の魔石はわたしの頭ぐらいあります。それが5つも。

「これだけの大きさの魔石を持つ魔物。それが5つだ。どれほど大蛇が強かったか」

「ユナたちが戦ったところを見ていないのが悔やまれるっす」

シノブはワイバーンとの戦いで倒れて、大蛇との戦いは見てません。

「そう考えると、生き証人はサクラだけになるな」

そうです。

戦ったカガリ様とユナ様を除けば、ルイミンさん、ムムルート様、わたしだけになります。

さらにこの国の人でないルイミンさんとムムルート様を除けば、わたしだけになります。

「言い伝えていかないといけないのですね」

「ユナとカガリ様が知ったら、きっと嫌がるっすね」

「この言い伝えには、エルフのムムルートに孫娘のルイミンもだ」

あのお2人の協力がなかったら、ユナ様でも大蛇を倒すことはできなかったかもしれない。

「あとおまえのことも残すつもりだ」

「わたしですか？」

「大蛇の封印を守るため、魔力を注ぎ込んだんだろう」

伯父様は封印を強化させるため魔力を無理矢理に出させたことに、すまなそうな顔をします。

「伯父様、たとえ将来、魔力を失うことになったとしても、わたしは後悔はありません。それが命だったとしてもわたしは同じことをします」

わたしの魔力、たとえ命を差し出すことだったとしても、国が救われるなら、わたしはためらわなかったと思います。

「サクラ……」

伯父様が近づいてきたと思ったら、わたしを抱きしめます。

「……伯父様？」

「すまぬ」

「伯父様、何度でも言います。わたしは後悔していません。この先も後悔することはありません」

伯父様はもう一度、優しく抱きしめてくれます。

お父様がいたら、同じように抱きしめてくれたのかもしれません。

ちなみに、シノブの名前も残ることになっていました。

そのことを聞いたシノブは「嫌っす」と言いましたが、却下されました。

わたしの名が残るんです。シノブの名が残らないはずはありません。

シノブ、休養する

走りながら案山子《かかし》に向かってクナイを投げる。クナイは案山子に当たり、わたしはそのまま走り、風魔法で案山子を切り刻む。

わたしとユナとの実力の差は大きい。

ユナと大蛇の戦いを見てみたかった。

自分に足りないものを知りたかった。

新たな案山子に向かって走る。

わたしは短刀に魔力を込め、硬質化した案山子を切る。

わたしの戦い方は素早い動きで飛び道具や魔法、短刀を振って相手を倒す。

「ふぅ」

わたしは汗を拭《ぬぐ》いながら、切り刻まれた案山子に近づく。

案山子の裏にある魔石に魔力を込めると、刻まれた案山子は元に戻る。

練習用の案山子。魔石に魔力を込めると、元の形に戻る。土で作られており、魔石に魔力があるかぎり、何度も元の姿に戻る。

「シノブ」

声がするほうを見るとジュウベイ師匠がいた。

「師匠」

「休暇をもらったんじゃなかったのか」

大蛇を討伐したあと、わたしはしばらくの間、後始末のために動き回っていた。

でも、徐々に仕事は落ち着き、約束どおりに国王陛下から休みをもらった。

「休暇っすよ」

だから、誰からも文句を言われずに武器を振るっている。

「なら、体を休めろ。まだ、疲れも残っているだろう」

「大丈夫っす。わたしは大蛇と戦っていないっすから」

わたしは大蛇と戦っていない。役立たずだ。

「だが、ワイバーンとの戦いで怪我をしたのだろう」

ワイバーンとの戦いで肩に酷《ひど》い傷を負った。

でも、ユナの魔法でのおかげで、ほぼ完治している。

クナイを投げると少し痛みがあるぐらいだ。

このぐらいの痛みは、何度も経験している。怪我のうちには入らない。

「大丈夫っす」

「だからといって、そんなになるまで訓練をする必要はないだろう」

額から汗を流し、体じゅう汗だくだ。

今も、顔から流れた汗が地面に落ちている。

「いったい。何時間やっているんだ」

朝早くからやって、今は昼を過ぎている。

「わたしは弱いっす。だから、練習をしないといけないっす」

「お前は十分に強い。他の兵士たちと戦ってもお前に勝てる者は少ない」

「それだけじゃダメっす。わたしがもっと強ければ、サクラ様を危険な目にあわせることはなかったす」

ワイバーンとの戦いで傷つき、ユナに助けてもらった。

わたしはワイバーンとの戦いで気を失い、ユナの不思議な門で一人、安全な場所で寝ていた。

みんなが命がけで戦っていたのに。

それだけじゃない。サクラ様やこの国とは関係ないムムルートさんやルイミンまでに危険な役目を押しつけてしまった。

これもわたしが弱かったせいだ。

「あの嬢ちゃんと比べるな。あの嬢ちゃんには誰も勝てない。あの嬢ちゃんの横に立てる者は、この国にはいないだろう」

大蛇を倒せる者なんて、いない。

それは分かっている。

もしかするとユナの力に魅了されてしまったのかもしれない。

人間は、あそこまで強くなれるんだと。

「前にも話したが、あの嬢ちゃんは特別だ。魔力量、武器の扱い方。あれはきっと、自分の才能にうぬぼれることもなく、研鑽《けんさん》を積み続けた結果だ」

才能にうぬぼれて練習もせず、才能がないけれど努力を続けた者に負けて、潰《つぶ》れていった者を何人も知っている。

「師匠……」

「戦ったから分かる。あの嬢ちゃんは、俺がどれだけ年月が過ぎようとたどり着けないところにいる。あの年であの動き、洞察力、魔力量、その魔力を扱う才能。どれをとっても勝てない」

「………」

「前にも言ったが、あの嬢ちゃんは、死ぬような修羅場を何度もくぐり抜けてきている。だから、踏み込むギリギリの一歩が誰よりも深く、判断力がある」

「ユナは何度も死にそうになったってことっすか」

「あの距離感は簡単に得られるものではない」

刀を振ったとき、当たるかどうかの距離感は、何度も刀を振って体に染み込ませないといけない。

「そして、あの判断力。人は命がけの戦いになれば、本来の力を発揮するのは難しい。判断力も鈍る。そして、身を守る考えを置いてから行動する。あと一歩踏み込んで大丈夫なのか。相手の剣先が届くのか。これぱかりは経験が必要だ」

「ユナは今までにどれだけの人を助けてきたんっすかね」

大蛇との戦いは危険だ。普通なら断る。まして、自分とは関わりがないことだ。

人によってはお金のためと言う人もいるかもしれない。でもユナはお金を受け取らなかった。

討伐した大蛇の貴重な魔石も譲った。ユナにメリットはなにもなかった。

ただ、サクラの笑顔を守れてよかったという言葉が心に残る。

優しい女の子。

強くても威張らない。自分の力をひけらかすこともしない。

クマが好きな少女。

「全てが敵わないっす」

「でも、師匠。わたしは諦めないっす。いつか、ユナに追いついてみせます」

「なら、俺が付き合ってやる」

師匠の申し出をありがたく受け取り、わたしはナイフを構える。

師匠と練習をした翌日わたしはカガリ様のところにやってきた。

「お主、暇なのか」

「国王様から休みをもらったから暇っすよ」

カガリ様はのんびりと窓際に座って、外を見ながらお酒を飲んでいる。

「まだ、元に戻っていないっすね」

カガリ様は子供のままだ。

「そのうち戻るじゃろう。もう、大蛇もいない。気長に待つ」

カガリ様はお酒を一口飲む。

「それで、なんの用じゃ」

「カガリ様は、大蛇討伐を最後まで見ていたっすよね」

「ああ」

「ユナは強かったすか？」

「なんじゃ、そんなことを聞きに来たのか？」

「…………」

「比べるものじゃない。あやつは特別じゃ」

師匠と同じことを言う。

「生まれ持った天性の魔力。じゃが、持っているだけでは人は戦えない。活用できなければ宝の持ち腐れ、ないのと同じことじゃ」

　どの分野でも同じことがいえる。才能がある魔法使いが剣士を目指しても一流にはなれない。一流の剣士が魔法使いを目指しても一流の魔法使いにはなれない。

「才能が持っている者が、さらに磨きをかけることによって、その才能が開花する。ユナはその典型だ」

「……」

「そして、心が純粋で自分の力にうぬぼれることもなく、人のために力を使う。普通の者にはできないことじゃ」

　人は力をつけると、傲慢《ごうまん》になったり、人を見下したりする。

「それじゃ、ユナには追いつけないってことっすか」

「誰にも無理じゃな」

「カガリ様でもっすか？」

「隣に並び、補佐をするぐらいじゃな。あやつにも不得意はあるじゃろう。それを補うぐらいはできる」

「ユナが不得意で、カガリ様が得意なことってなんすか？」

「空を飛べることじゃな。あやつは空は飛べぬ。妾《わらわ》は飛べるからのう」

　わたしは空を飛べない。

「わたしができて、ユナができないことってあるっすかね」

「そんなの知らぬ。あやつの全てを知っているわけじゃない。そもそも、お主は、そんなことを聞きに来たのか？」

「いや、その話もしたかったっすが、静養中っす。師匠との訓練で肩が少し痛くなったっす。だから、温泉に入って、休むっす」

師匠と練習をしていたら、衝撃で肩に痛みが走ってしまった。

師匠から完全に治るまで訓練は中止と言われたので、静養を兼ねて、カガリ様のところに来た。

ユナの話を聞きたかったこともあるが、ここには温泉もあるので、静養するには最高の場所だ。

「治療は分かったが、いつまでいるつもりじゃ」

「休みが終わるまで、いるつもりっすよ」

「ここは、宿屋じゃないぞ」

「ユナが来たときに、わたしも自由に使っていいと許可をもらったっす。カガリ様が一人で寂しいと思うから、顔を出すようにも言われているっす」

「別に、一人でも寂しくはない」

「そういうわけっすから、しばらくよろしくっす」

「人の話を聞け」

カガリ様は、ため息を吐《つ》く。

「……勝手にしろ。ただし、食事と掃除はしっかりするんじゃぞ」

「背中も流すっすよ」

「それは、不要じゃ」

わたしは温泉に入りながら、治りかけの肩を治すことにした。

あとがき

くまなのです。『くま　クマ　熊　ベアー』20巻を手に取っていただき、ありがとうございます。

ついに20巻という大台に乗りました。書籍1巻が発売したのは２０１５年５月になります。20巻まで来るのに８年経ちました。

まさか、これほど長く続くとは思っていませんでした。出版社様や読者様には感謝の言葉もありません。

今巻では、大蛇が討伐された後の和の国の話と、シアが学園で行う魔法の交流会に参加することになり、その交流会の見学にノアを連れて行くことになりました。

次巻では、シアの交流会を見学することになったユナ。

どんなトラブルに巻き込まれるか、楽しみにしていただければと思います。

あと、20巻の挿絵ですが、二枚続きとなっているものがあったと思います。

本来は１Ｐのみですが、みんなの水着や着物姿を見たかったので要望させていただきました。了承していただいた出版社様、０２９先生に了承していただき、本当に嬉しかったです。

そして、この巻が発売している頃にはＴＶアニメ２期「くまクマ熊ベアーぱーんち！」が終わっているかと思います。

やっぱり、テレビで自分の作品が動いているのを見ると不思議な気分になります。

2期ではユナやフィナのドレス姿などが見ることができ、嬉しかったです。

ご覧いただだいた皆さんは、いかがだったでしょうか。

2期も1期同様にアニメ制作に携わさせていただきました。大変ですが、楽しかったです。

アニメは終わりますが、書籍やコミカライズはまだまだ続きますので、お付き合いいただければと思います。


最後に本を出すことに尽力をいただだいた皆様にお礼を。

029先生には、いつも素敵なイラストを描いていただき、ありがとうございます。

編集様にはいつもご迷惑をおかけします。そして『くま　クマ　熊　ベアー』20巻を出版するのに携わった多くの皆様、ありがとうございます。

ここまで本を読んでいただだいた読者様には感謝の気持ちを。

では、21巻でお会いできることを心待ちしています。

二〇二三年　八月吉日　くまなの

この本を読んでのご意見・ご感想・ファンレターをお待ちしております。
〈宛先〉　〒104-8357　東京都中央区京橋3-5-7
（株）主婦と生活社　PASH!ブックス編集部
「くまなの先生」係
※本書は「小説家になろう」（https://syosetu.com）に掲載されていたものを、改稿のうえ書籍化したものです。
※この作品はフィクションであり、実在の人物・団体・法律・事件などとは一切関係ありません。

PASH!ブックス

くま　クマ　熊　ベアー 20
2023年8月14日　1刷発行

著者　くまなの
イラスト　029
編集人　山口純平
発行人　倉次辰男
発行所　株式会社主婦と生活社
〒104-8357　東京都中央区京橋3-5-7
03-3563-5315（編集）
03-3563-5121（販売）
03-3563-5125（生産）
ホームページ　https://www.shufu.co.jp
製版所　株式会社二葉企画
印刷所　大日本印刷株式会社
製本所　株式会社若林製本工場
デザイン　growerDESIGN
編集　山口純平、染谷響介

ISBN978-4-391-15978-3